CONTENTS

CROSS NOVELS

CONTENTS

虎王の愛妻スイートハーレム

~幸せパエリアと秘密の赤ちゃん~

Story ◆ Elena Katoh
華藤えれな

Illust ◆ Ami Oyamada
小山田あみ

CROSS NOVELS

プロローグ

「――ここに新しい命がいます。あなたと……ぼくの……赤ちゃんです」

そう告げたほうがよかったのか。それとも言わないままのほうがよかったのか。どうすることが正しかったのか――答えは見えない。

――そう、今のぼくにわかるのは、ただひとつだけ。

この身体のなかに授かったあのひとの子供――王さまの子――この赤ちゃんを命にかえても守っていかなければならないこと。それだけだった。


その国のハーレムはこの世の楽園と呼ばれていた。

甘いオレンジやレモンの香りが漂い、白い天人花の花に囲まれた泉からさらさらと流れていく水の音が音楽のように響きわたっている。

その夜もそうだった。見たことがないほど大きく美しい満月が夜空に煌《きら》めき、ひっそりと過ごしているふたりをあざやかに照らしていた。

ハーレムの他の住人たちは、すべて宮殿の外に出ていってしまった。今は警備兵もいない。この宮殿は、明日、敵のものになってしまう。

最後に残ったのは、この宮殿の王と、ただひとり、彼が愛した奴隷だけ。

やわらかな風が吹き、真紅のブーゲンビレアと百合の形に似たオレンジの柘榴《ざくろ》の花がさわさわと揺れる。やがてぽとりとオレンジ色の花弁が落ちていった。

それを合図のように奴隷のひざにもたれかかっていた王がふと清らかな笑みを浮かべる。

「もし願いが叶うなら、ふたりだけで暮らしたかった」

もう叶わない願いだ。彼以外の人間なら、誰でもできたことなのに、彼だけは許されなかった。

「……っ」

ふたりだけで――――。

両方の瞳からどっと涙があふれ、なにを言えばいいのかわからなくなってしまった。

そんなこと、絶対にできないのに。彼はこの国の王で、そして自分はハーレムの奴隷に過ぎない。

ああ、だけどそれができれば……。

祈るような思いで空を見あげる。

宮殿の上を覆うのは、アンダルシアの深い海のような夜空――まばゆい純白の月が空からふたりを明るく浮かびあがらせていた。

こんなにも美しくこんなにも透明な月があるなんてこれまで知らなかった。涙でぐっしょりと濡れた奴隷のほおに、王がそっと唇を近づけてくる。

「これが……涙なのか。綺麗だな」

今日まで知らなかったよ――と幸せそうに、それでいてどこか淋しそうにそんなことを告げてくる王の表情に胸が痛くなり、奴隷は泣くことしかできなかった。

（ああ、ふたりで生きるなんて。それができたら。ここに宿っている赤ちゃんと一緒に、三人で暮らすことができたら……）

言いたい。伝えたい。ここに、あなたの赤ちゃんがいることを。

「あ……っ……王……あなたに……伝えなければいけないことが……実は……っ……」

しかし言葉に詰まってしまった。

果たして真実を告げていいのかどうか。

伝えたら、ここにいる赤ちゃんにも呪いがかかってしまうかもしれない。

この宮殿に昔から伝わる魔法によって。

「どうした、なにか心配事でも？」

口ごもる姿を不思議に思ったのか、王がそっと手を伸ばしてくる。

「いえ」

「言いたいことがあれば、何でも言いなさい。私はこれで終わりだから」

ふっと諦《あきら》めたように微笑する王にますます胸が痛くなってくる。

「終わらないです……終わらないで」

うつむくと、ぽとりと瞳から涙がこぼれ、大理石の床へと落ちていく。ふたりの濃い影を刻んだ床に。

「きみは生き延びろ。私はここに残る。もう間もなく敵がやってくる」

「……っ！」

「また会おう。いつか必ず遠い未来のどこかで会える。これはその約束の印だ」

王が奴隷の細い指に指輪をはめる。

鍵《かぎ》の形をした紅玉が刻まれた指輪だった。王の指には、同じように紅玉が刻まれた指輪がはめられているが、鍵ではなく、ファティマの手――ハムサと呼ばれる護符の形をしていた。

「この指輪は……まさか」

「そう、グラナダ王の妻にだけ許されるものだ。これをつけていれば、次の世でも再会できる。未来《みらい》永劫《えいごう》、きみだけが私の妻だ。だから、伝説どおり、未来のどこかで――」

いやだ、次の世だなんて。未来のどこかだなんて。そんなこと……。

「いやです、未来なんていやです、今でなければ。指輪の伝説なんて本当かどうかもわからないのに」

「運命だ。私はここで消える、その指輪とこの指輪がまた出会う日まで」

「王……」

「そのときこそ本当に結婚しよう。そして……またあれを食べさせてくれ。きみを初めて召したときに食べたあの……料理を」

「あの料理……」

「ああ、最高に幸せな気持ちになるスペイン料理というやつを。またあれが食べたい。きみの綺麗な声が奏でる歌を聴いたあと、あれを食べ、それから一緒に入浴して、夜中、愛しあった。私は、あのとき、生まれて初めてこの世に生まれてきてよかったと思ったのだ」

こちらを笑顔にしたいのだろう、そんなふうに切ない思い出の話をする彼のずるさが憎かった。こんなときに、幸せで楽しかった時間をよみがえらせようとするなんて卑怯だ。

あの料理とは――パエリアだ。シコシコとした噛みごたえのあるお米をサフランで炊く。深みのあるコクとかぐわしさの柔らかな仔牛肉とキノコ、ほくほくしたジャガイモ、パプリカ、玉ねぎ、ブロッコリー、人参を入れ、上からチーズをかけて焦げ目ができるのを待つ。チーズと米の焦げ目がカリカリとし始めると、そこにレモンを絞ってかける。するとふわっと香るオリーブオイルとサフランとレモンが香ばしいチーズのにおいと溶け合ってたちまち空腹が刺激されてしまうのだ。

そのあと、むせそうなほど濃厚な匂いが漂うしぼりたてのバレンシアオレンジのジュースを飲み、サクサクとした甘美なくるみとはちみつのパイを食べて……。

「え……ええ……楽しかったです……あのときは……」

「私もだ」

自分が作ったパエリアを彼が食べたとき。彼が用意してくれたクルミのケーキを食べたとき。どちらもそのあと、互いの思いを確認しあって、激しく求めあった幸せな思い出。

「もう一度、やり直したい」

彼が腕を伸ばして肩を抱きしめる。愛しいぬくもり。離したくない。離されたくない。永遠に一緒にいたい。

「好きだ、きみがとても好きだ。その綺麗な声、優しい笑顔、そしてきみの手が作るおいしい料理……そして抱きしめたときの熱……なにもかもが好きで仕方ない。こんなにも他人を愛しく想うようになるなんて」

同じです、それはぼくも同じ。ぼくはあなたのもので、あなたはぼくのもので、この身体には新しい命が宿っている。

「虎王として生まれた運命をきちんと理解し、一生、誰も愛さないと決めていたのに。きみを愛してしまった。ありがとう……会えてよかった」

「そんなこと……そんなこと言わないで、お願いですから……どうか」

ああ、どうすればこのひとを喪《うしな》わないですむのだろう。どうすれば、このひとと子供を守ることができるだろう。

どうすればグラナダにかけられた魔法を解くことができるのか。

グラナダの王にかけられている『呪い』という名の魔法を——。

1　アルハンブラ

それは神々しい満月に照らされた、幻想的な宵だった。

丘の向こうに見えるアルハンブラ宮殿が明るい月を浴びながら、まばゆい光にライトアップされていた。

そんな美しい夜景が一望できる洞窟《どうくつ》レストラン。バルコニーに少しずつ観光客たちが集まり始め、食前酒を片手に楽しそうに写真撮影をしている。

しかし優雅な一角とは対照的に、レストランの厨房《ちゆうぼう》は、ディナーの支度をするシェフやウエイターたちでごった返していた。

「パンができたぞ」

ふわっと漂うバターたっぷりのパンの香り。テーブルの上に焼きあがったばかりのクロワッサンがずらりと並べられていく。

「早紗《さしや》、バターロールも焼きあがった。そっちの棚のバスケットにクロワッサンを移動してくれ」

「はい」

まだほんのりと湯気が出ていてとてもおいしそうだ。つややかな飴色《あめいろ》に染まったあたたかな生地は、サクッとした噛みごたえを連想させ、空腹を刺激してしまう。

「味見していいぞ」

「ありがとうございます」

シェフに許しをもらい、早紗はそのうちの一つを手にとって味見した。

見た目のままの柔らかさとサクサクとした噛み心地。ほんのりとした甘みを口内に感じたかと思うと、その向こうから濃厚なバターの味が舌に溶けてくる。たまらないおいしさだ。

「最高です。これ、何個でもいけそうです」

「よし、じゃあ、運んでくれ」

ウエイターやウエイトレスに告げられ、それぞれが大量のクロワッサンを入れたバスケットを手に持ってホールに運んでいった。

「早紗、そういえば、このパエリア、きみが作ったんだっけ」

火にかけられたパエリア鍋《なべ》をいちべつし、ウエイターのひとり——マルコスが声をかけてくる。

彼はこのレストランの店長のひとり息子で、早紗がオペラを習うために留学しているバルセロナ音楽院の同級生だ。来期の学費稼ぎのためにと、夏休みの間、ここでの住みこみのアルバイトを紹介してくれた。

「作ったというか、少しだけ手伝わせてもらったんだよ」

「ああ、ここのシェフ、パエリア作るのが苦手で評判悪いからな。どおりでおいしそうにできていると思った。早紗の実家って、パエリアが自慢のスペイン料理店だったよな」

「そう、東京で。父が亡くなったので、もうお店はないけど」

トレー台を運びながら早紗は笑顔で答えた。

「日本人も、普段からパエリア、食べるの？」

パンを運ぶと、マルコスは小皿にパエリアをのせて試食を始めた。

「日常的には食べないけど、日本はお米が主食の国だからパエリアは人気だよ」

パエリアはアラブ人がもたらした米料理で、パエリア鍋という浅めのフライパンを使って作る。

日本では魚介類のものが有名だが、塩とサフランを使って味付けする以外は、けっこうなにを入れてもいい感じの自由さがあるのが楽しい。

鶏肉《とりにく》やイベリコ豚を使ったものや野菜のものなどいろんな種類があり、米以外にパスタを使ったものも人気だ。早紗はパエリアのおこげの部分が大好きで、今日も香ばしい焦げ目がつくように工夫してみた。

「すご、めっちゃおいしい。もちもちして、米に芯が残っていて。今日は仔牛肉にしたのか。コクのある肉汁がしみこんでいて、おこげもチーズもパリパリして。おまえ、天才だよ」

「ありがとう、うまく焦げ目がついたからホッとしてるんだ」

「でも早紗にパエリア作りを手伝わせるなんて、シェフも人使いが荒いよ。まあ、俺のせいなんだけど。早紗のパエリアがおいしいって言い回ったから。悪かったな」

「いいよ、おいしいって言われるの、嬉しいから」

ひととおり運んだあとは、バックヤードでデザート用の器をそろえるように言われた。

「うっ、こき使われてなくない？　きつくないか？　早紗、細くて小さいのに、ウエイターだけでなく、料理までさせられて……」

「大丈夫だよ、楽しく働いているし、泊まるところも食事も付いているからとっても助かる。ありがとう、誘ってくれて」

「こっちこそ、引き受けてくれて助かったよ」

マルコスがふっと目を細めて笑う。そのひとなつこそうな笑みにホッとする。

黒髪、黒い瞳、浅黒い肌、たくましい体軀《たいく》。グラナダ出身の彼はヒターノの血をひいているせいか、いかにもスペイン南部出身という感じの濃さが漂う。最初は怖かったのだが、話してみると、気さくで明るくて、楽な感覚でつきあえる相手だった。

「それにしても驚いたよ、マルコスの実家が、こんなに素敵な洞窟レストランだったなんて。日本人のぼくからすれば、観光もできて、バイトもできて、音楽も楽しめて申し訳ないくらいだ」

「あ、でも、ここ、俺のオヤジの店じゃないから。たんに店長として雇われているだけだよ。オーナーは別にいるんだ」

「オーナーが別に？」

「セリムさまという若い男性。このあたり一帯の事業を展開しているセレブだ。近くのホテルもハマムもすべてセリムさまのものだよ」

セリム――スペイン系とはちょっと違う名前だ。この場所には、昔、アラブ系の王国があったのだが……名前から察すると、その子孫なのだろうか。

光と影の国――スペインのアンダルシア地方グラナダ。

フラメンコの本場といわれているこのグラナダにある柘榴の丘――サクロモンテの丘は、固い岩盤でできた洞窟をくり抜いてフラメンコショーを見せるタブラオがあちこちにある。

ドリンクだけが付いているところもあれば、この店のようにレストランが併設され、豪華なディナー付きの店も多い。

とりわけ大きなステージを持ったこの店は、食事のあと、フラメンコやスペイン音楽のショー、さらにはアラブ風のベリーダンスのショーなどが楽しめるコンサートホールも準備されていて、新しい形のタブラオとして観光客の間で大人気となっていた。レストランからはアルハンブラ宮殿のライトアップも眺められるので予約でいっぱいだとか。

夏休みの間、早紗は夕方から深夜までウエイター兼雑用としてバイトをしているが、学費稼ぎだけでなく、スペインの民俗音楽にも触れられるのが嬉しかった。

労働時間は、夕方五時から深夜一時まで。

家具付きの個室、三食――スペインでは、正しくは五食だが――それから、昼間はコンサートホールで音楽のレッスンをしてもいいという条件。

早紗は東京でスペイン料理店を経営する父のもとで育った。父の店ではいつもスペイン音楽が流れていて、自然にそれを聴いて育ったのもあり、やはりなじみが深い。

（なんか……なつかしい気がするな、グラナダのなにもかも）

昔から時々、見る夢がある。

満月の夜、綺麗な庭園で、ゆったりと歌っている歌手と彼の歌を聴いている王さま。それからなぜか泉に映った虎。不思議な、妖しい夢だ。

父は、幼いときに見た「アラジン」のアニメ映画かなにかの影響じゃないかと言っていた。

だからそんなふうに思っていたのだが、このグラナダにきてから、三日間、なぜか毎晩のようにずっとそれと同じ夢を見ている。

窓の外に見えるアルハンブラ宮殿と、この街の空気のせいだろうか。

何となくあの夢の世界と似ている気がする。

すっと窓に視線を向けていると、マルコスがまた話しかけてきた。

「そういえば、早紗、日本人だって言ってたけど、顔立ち、日本人ぽくないよね。ちょっと色素が薄くて、人形みたい。ハーフだっけ」

「あ、うん……そうなんだ」

顔立ちのことを訊《き》かれるとそう答えるようにしている。

「そうか、それでちょっとミステリアスな顔をしているんだな。無国籍のモデルみたいな風貌してるけど。まあ、小柄だからユニセックスなイメージで」

ミステリアス……。よく言われる。どこの国の人間かわからない雰囲気だ、と。ユニセックスなイメージというのもそうだ。国籍、性別がちょっとわかりにくい容姿なのだ。

「音楽は昔からやってたの？」

「あ、うん、近所の少年向けの合唱団で」

早紗はスペイン北東部バルセロナにある音楽院でヨーロッパのオペラを学ぶために渡欧してきた十九歳の留学生である。

早紗には十五歳よりも前の記憶が殆《ほとん》どない。

高校生のとき、遠足で事故にあい、頭を打って、何日も眠っていたことが原因のようだ。

病院で目覚めたあと頭がぼんやりとしていて、いろんな検査を受けることになった。

そのとき、歌とパエリアのこと、それから、その例の「アラジン」の世界のような夢をよく見ていたことだけは何となく覚えていた。

それもあり、怪我《けが》のせいで、記憶の一部が曖昧《あいまい》になったのだろうと医師から説明を受けた。

確かに幼いときのことも合唱団にいたということも、すべて父から説明されただけのことで、自分がはっきりと経験した記憶ではない。

実際のところ、母親のこともよくわからない。スペインにいたロシア系の歌手だったということだけは父から聞いている。けれど母の写真を見たことはなく、名前も知らない。

日本にある早紗の戸籍にも、母の名はなく、父の私生児になっている。だからどんな歌手だったのかもまったくわからない。

父の店の従業員の話では、両親は父がスペインで修行していたときに知りあったものの、早紗が生まれてすぐに母がいなくなったらしい。

要するに、父は捨てられたようだ。それもあり、あまりそのことに触れてはいけない気がして、結局、早紗は母のことを自分から尋ねたことは一度もなかった。

ただ亡くなる直前に、不思議なことを話していた。

『早紗、父さんが死んだらスペインに音楽留学しなさい。学費は残してある。そうすればおまえの声の意味も理解できる。少年の声のままなのは……おまえがオメガだからだよ。母親と同じオメガ。オメガは運命のつがいに会うまで、成人にはならない。だから……』

母親と同じオメガ？　オメガだからこのままの声？

運命のつがいに会うまで成人にはならない？

一体、どういう意味なのだろう。だが父にそれを訊くだけの余裕はなかった。

（この声は……オメガだから、か……何なのだろう、オメガって）

確かに、早紗は自分の声に悩んでいた。高校で合唱部に入っていたのだが、すでに周囲の同級生は声変わりをしていたのに早紗だけはいつまで経っても声が変わらないからだ。

早紗だけがずっとボーイソプラノを出すことができたのだ。

と同時に、心が男性としての機能に欠けていることに気づいた。男性として肉体的に問題はないのだが、性欲が湧《わ》かないのだ。

父から「オメガ」という言葉を聞くまでは、そうしたことも事故で頭を打ったせいだとずっと思いこんでいたけれど。

少年の声のままなのは……オメガだから――？

（ネットで調べたけど……それらしきことは何も見つけられなかった。一体、父さんはなにが言いたかったのだろう。それにそうなったら、このカウンターテナーの声はどうなるんだろう）

ソプラノもテノールも歌える音域と引き換えに男性的な成長と無縁なのだろうか。それがオメガだからだと言われてもよくわからない。

ただ、そのせいか恋愛に対して昔からとても臆病《おくびょう》だった。他者を愛しいと思う気持ち。好きだと思う気持ち。それがどんなものなのかわからないままだ。

（だから……人を好きになるのが怖い。自分のことが……よくわからなくて……）

どうして自分は他の人間とは違うのか。この声や肉体はずっと未成熟なままなのだろうか。

自分のアイデンティティがわからない。だからなにもかもわからなくて、考えれば考えるほど不安になる。

今にも割れそうな氷の上に立っているような、心もとなさをずっと感じていた。

記憶がないこと、アイデンティティがわからないこと、そのせいで未来が不確かなこと――誰にも相談できず、学校で誰かに心をひらこうにも馴染《なじ》めず、いつも孤独だった。

歌うこと以外でそんな淋しさを拭《ぬぐ》ってくれるのはパエリアだった。

父の作るパエリアは本当においしかった。スタンダードな魚介のものも毎日でも食べたくなるような味だったけれど、イベリコ豚のジューシーな肉汁の染みたパエリアは、この世に生まれてきてよかったと思う味だった。

でももっとおいしかったのは、父が『幸せパエリア』と名付けていたビーフのパエリアだ。

『スペインの南部アンダルシア地方にいたとき、ムスリムも多かったから、イベリコ豚ではなく、やわらかな仔牛肉を使ったおいしいパエリア作りに励んだんだ。みんなが笑顔になるおいしいパエリア、それがこれだ』

幸せパエリア――確かに食べただけでこれ以上ないほど幸せな気持ちになる。死ぬ前に、なにがしたいと訊かれたら、迷わず幸せパエリアを食べたいと言うくらいに。

マルコスともパエリアがきっかけで話をするようになった。

学生寮の共同キッチンで作っていたとき、試食させてくれとやってきて、それから話をするようになったのだ。そのときはイベリコ豚を使ったのだが、こちらも濃密な肉汁が米の奥にまで染みこんでおいしかった。軽くレモンの汁をかけ、さわやかにしたのが評判良く、いろんな学生たちがキッチンに集まって、結局、パエリアパーティをひらくことになった。

それぞれが楽器を演奏したり歌ったりして、とても幸せで楽しい時間だった。

（アイデンティティがわかったわけじゃないけど……でもこっちにきてよかった。何となく住みやすい。人間関係もドライだし、隔たりのようなものを感じなくて済むし）

たのまれていた仕事を終えると、マルコスはさっとエプロンをとった。

「さてさて、そろそろギターの準備をするか。今日、フラメンコのステージに助《すけ》っ人《と》で参加することになっているんだ」

「すごい、もうプロなんだ」

「違うよ、都合よくこき使われているだけだ。タダ働きだぞ。俺はアランフェスとか、クラシックギターがやりたいのに、いつもいつもフラメンコばかりで」

ギターを手にホールのすみでマルコスがチューニングを始める。彼はギター科の学生なので授業で一緒になることはないのだが、同じ学生寮で暮らしている。

そのとき、マルコスの父親があわてた様子でやってきた。

「あ、きみ、きみ、早紗くんだっけ、ちょっと話があるんだが」

「はい」

「早紗くん、声楽をやっているんだろう。ちょうどいい。明日、うちのステージで『アルハンブラの思い出』を歌って欲しい」

「え、ええっ」

「歌ってくれたら、出演料として一週間分のバイト料を足してもいい」

「あの……でもステージって……フラメンコでは」

「明日の第一部はフラメンコじゃなく、クラシックの歌を集めてやるんだ。スペインっぽい雰囲気のアリアやスペイン音楽のガラコンサート風にする予定で五人が出演する。『カルメン』、『セビリアの理髪師』、それから『ドン・カルロ』、あと『アンダルシア』や『グラナダ』の歌も」

「五人も出演されるのに……ぼくも……ですか?」

「衣装も用意する。気楽に出てくれ」

「気楽って……そういうわけにはいかないです」

「ハーレムっぽい衣装を着て、アルハンブラ宮殿のライオンの間の写真を背景にして、可愛い顔でささっと歌ってくれたらいいんだよ。あとは新しい演出のフラメンコステージをやるから。アルハンブラ宮殿の後宮をモチーフにした愛欲のハーレムという物語なんだ。楽しい舞台だよ」

ハーレムを舞台にしたフラメンコ?

なにが何だかさっぱりわからない。きまじめで、内気な早紗には理解不可能な現象が、スペインでは当たり前のように起きる。

どこかの教会の歴史的なフレスコ画を高齢の画家がまったく別モノのように修復し、自分ではきちんと修復したと言い張っていたエピソードは世界的にも有名だ。

「あの、やっぱり、いきなりは」

「大丈夫大丈夫、音大生だろ、何とかなるって。とにかく『アルハンブラの思い出』を歌ってくれ。きみがメインだから」

「えっ……メインて」

「ほら、うちの向かいに建っているアルハンブラ宮殿。そこの壁にも、ほら、明日のステージ用にと、今さっき、絵を用意したんだ。だからどうしても歌ってもらいたいんだ」

店長がちらっとステージの壁に視線を向ける。アルハンブラ宮殿の全体像や赤茶けた門の絵などが幻想的に描かれた絵だった。

何となくなつかしい気がする。絵を見ているだけで、どこからともなく甘い香りがしたような気がして、ふいに胸の奥がざわざわと騒がしくなってきた。

浅く息を吸い、その感覚から逃れようと視線を泳がせたそのとき、早紗はその絵に描かれた不思議な何かと手のひらに気づいた。

「あれ……あの絵に描かれた手と……」

「ああ、あれは――」

ギターの手を止めてマルコスが答えようとしたとき、ふっと背後に気配のようなものを感じた。

「ファティマの手と鍵の絵だ。一対になっている」

綺麗な、低音のよく響く声が耳に触れる。

ファティマの手と鍵――どこかで聞いたことがある言葉、それに声だった。フロアがざわめき、そこにいた店長やウエイターたちが一斉に早紗の背後に視線を向ける。

「あの手と鍵とが触れあうと、このグラナダにかけられた魔法がようやく解ける」

グラナダの魔法？　その声が鼓膜に触れただけでなぜか胸の疼《うず》きがいっそう騒がしくなり、早紗は声のするほうにふりむいた。

一瞬、黒っぽい虎のような獣が目の前をよぎり、ハッと息を止める。

「え……っ」

思わず目を凝らして見つめ直してみた。

いや、ただの見間違いだったらしい。そこにいたのは白いアラブ風の衣服に身を包んだ美しい二十代後半くらいの男性だった。

アラブ系？　いや、少し違う。ヨーロッパと中東のハーフかもしれない。国籍がはっきりとわからない美しい風貌をしていた。さらりとした癖のない黒髪、シャープな顔の輪郭、緑がかった宝石のような双眸《そうぼう》は淋しそうな目元をしていて、甘さと鋭さの両方をあわせもっているような印象だった。腕にベビーブルーの美しい薔薇《ばら》の花束をかかえている。

「セリムさま、ようこそ」

店長もマルコスも彼に神妙な顔で挨拶《あいさつ》していた。

セリムさま？　この店のオーナーがそのような名前だったはずだが、では、この男性が？

「その少年が例の？」

「え、ええ」

マルコスがめずらしいほど恐縮している。

「早紗……だったな。私がスカウトした。ステージで歌って欲しいと」

「あの……あなたのスカウトって」

「昨日と今日の朝、ここで歌の練習をしていなかったか？」

確かに、朝、歌の練習をしていた。客も使用人もいないので、マルコスの父親に頼んで、掃除をするのを条件に練習させてもらっていたのだが。

「すばらしい歌だった。だからここのステージにと推薦したんだが」

「……聞いていらしたのですか。すみません、下手な歌声でお恥ずかしいです」

呆然としている早紗にセリムはベビーブルーの薔薇の花束を差しだしてきた。ふっと、その薄い色とは対照的なほど濃厚な香りが鼻腔《びくう》に触れる。

「恥ずかしがることはない。とても美しい歌だった。私はファン第一号だ」

セリムの影が顔にかかる。ずいぶん背が高い。早紗は彼を見上げた。

「ありがとうございます、でもぼくは声楽を勉強中の留学生で、まだプロでは……」

「ここは私の店だ。出演者を決めるのは私だ。出演料は一万ユーロくらいで」

「ええっ！」

一万ユーロ。ありえない、一曲歌って、百二十五万円ほどの金額。一年の学費よりも高い。

「困ります、百分の一でもいただけないくらいです」

あわてて断ろうとした早紗にセリムはすっと手を伸ばしてきた。

「私の耳に間違いはない。きみの歌声は極上の宝石のように美しい。聴くものの心を幸せな気持ちにさせる」

西洋の騎士のようにセリムが手の甲にキスしてくる。花束を抱いていなかったほうの手にうやうやしく口づけられ、早紗はさらにあとずさりかけた。

しかしぎゅっと手を強くにぎられ、上目遣いにじっと見つめられ、早紗は動きを止めた。

「……っ」

どうしたのだろう、視線が肌にピリっと突き刺さる気がして鼓動が大きく脈打つ。数秒ほどまばたきもせず早紗に視線を向けたあと、ふっとセリムが早紗から手を放す。

「……よかった」

甘い笑みとともに、セリムが安堵《あんど》したように呟《つぶや》く。

「思わず嬉しくなった、きみが音楽と同じように美しい人だったので」

真顔で言われ、早紗はさらに戸惑いをおぼえた。

「……はあ」

「廊下で聞いたときは声にしか触れられなかった。もちろんその歌声にも激しく魅せられたのだが、きみ自身も私が思っていたとおりの姿をしていて……それがとても嬉しい」

あまりにストレートな物言いに、早紗はどう反応していいのかまったくわからず硬直した。

スペイン人は大げさなほどの形容詞で相手を褒めることが多いが、それを差し引いたとしても、そんなふうに言われて嬉しくないわけがない。なにより歌を褒められたのだから。

「……ありがとうございます」

早紗は小声で礼を言った。

「ずっとさがしていた。清らかで、それでいて魂を浄化させてくれる歌い手を」

母国語ではなくスペイン語で話をしているせいか、日本語だと大げさに聞こえる言葉も心地よい賛辞としてストレートに胸に響く。

「母音の Ah か Uh で旋律を奏でてくれれば」

「……あの曲を……」

「きみの声には魅力がある。あの音楽にとても合う。アルハンブラ宮殿に流れる美しい泉の水のような清らかさ。だから薄いブルーの花を選んだ。また歌を聴かせてくれ。今度はステージからの歌声を……聴きたい」

想像しただけで足が震えた。声楽科の学生である以上、ステージで歌うことに抵抗はない。ただこれまでは、合唱団の発表会であったり、試験の会場であったり……と。

けれどプロとして自分の歌を個人的に誰かに聴かせるために歌ったことはなかった。それなのに、なぜかこの人のために歌いたいという気持ちが胸に湧き起こってくる。

何だろう、歌いたい。この人が心地よくなるような歌を――。

「わかりました、がんばります」

言ってしまった。もう後には引けない。果たして、彼の提示する出演料に見合っただけの歌が歌えるのかどうかわからない。いや、それだけのものをしっかり歌おう、心を込めて。そう思った。

「ありがとう、楽しみにしているよ」

「あ、はい」

「で、伴奏はどうする？　リクエストは？」

「……え……」

「ピアノでいいな？」

当然のように問いかけられ、「は、はい」とうなずいた。

「では、私が」

セリムはさっとアラブ服の裾《すそ》を翻《ひるがえ》して早紗の腕をつかんだ。

「すごい、セリムさまが自らピアノを」「うらやましい」「ありえない」「いいな、セリムさまのピアノは詩情に満ちているよ」……などと、まわりが呟くのが耳をかすめていく。

「弾《ひ》きたい、弾かせてほしい。きみの歌に合わせて。ダメか？」

目にかかりそうな、さらりと癖のない黒髪をかきあげ、じっとセリムが早紗の瞳をのぞきこんでくる。甘さのにじんだ濃艶なまなざしにどくりと胸が高鳴った。

不思議だ、この感覚。身体の奥がざわついたような感じになって落ちつかない。

「あの……伴奏していただけるのなら……ありがたいです」

どんな音や演奏なのかわからない。けれど、とても嬉しかった。そんなふうに思ってくれる気持ちに応《こた》えたいと思う。

「では、奥の控え室で稽古《けいこ》を。今日のバイトはもういい」

「えっ、いいんですか？」

「代わりは手配する。さあ、奥に」

セリムが早紗の肩に手をかける。その手が背に触れただけで、どうしてなのか身体に電流が走ったようになり、早紗はぴくっと全身を震わせた。そんなこちらの様子に気づき、セリムは目を細め、優雅に微笑する。どこか不敵で、艶っぽい。

「早紗……」

「え……は、はい」

さらに緊張しそうだったが、セリムのほうが困ったように呟いてきた。

「そんな目で見るな。胸が痛い」

困ったように言われ、早紗は小首をかしげた。

「そんな目て……」

どうして胸が？　――と問いかけようとした早紗の耳元でセリムが小声で囁《ささや》いてきた。

「なやましい眼差しをして」

「そう……ですか？」

なやましいと言われても、どんな眼差しなのか想像がつかない。今度は早紗がじっと見あげると、セリムがかすかに視線をずらす。

「あ、いや、何でもない。聞き流せ」

「は……はい、わかりました」

「いや、そうあっさり聞き流されるのも淋しい。あまりにきみが美しくて緊張していることだけはわかってくれ」

聞き流せと言っておきながら、いきなり真顔での誉《ほ》め言葉を頭のなかで日本語に訳すのに、少しの時間が必要だった。

「あ、あの、すみません、ラテン的なお世辞……苦手なんです。日本育ちなので慣れていなくて」

早紗は困った顔で微笑した。

アラブ風の名前、服装をしているけれど、この男性の性格は、実は典型的なスペイン人――つまりラテン系なのだろう。スペイン人は本当に大げさに気に入った相手を誉めたたえるので、十分の一くらいに受け止めておけばちょうどいいくらいだ。

「お世辞ではない。真実だ」

「は……はあ」

「その透けそうな肌、ミステリアスな琥珀色《こはくいろ》の瞳、清楚《せいそ》で愛らしい唇やあごのライン。きみの歌そのままに繊細で清らかな容姿をしている」

これもお世辞だとはわかっていたとしても、少し癖のあるグラナダ訛りのスペイン語で囁かれると、身体の奥のほうが痺《しび》れたようになってしまう。

このあたりでは、Sを抜いて発音することが多い。ありがとうを意味するグラシアスはグラシア、たくさんを意味するムーチャスは、ムーチャ。

そのせいか母音が印象的に聞こえる。このアンダルシアのけだるい午後の空気にも似て、とても色っぽく甘い響きに感じられて胸が騒がしくなっていた。

それにしても、このレストランが設置されているサクロモンテの丘の洞窟住居というのはどういう造りになっているのだろう。

アルハンブラ宮殿やグラナダの夜景を一望できるテラスレストラン。

テラスはガラス張りになった華やかなサンルームのようになっているのだが、外からだとちょっと贅沢なドアのある洞窟住居にしか見えないだろう。まさかこのなかに広々としたコンサートホールがあるなんて、外からは想像もつかないと思う。

ホールの奥から階段を上がると、いったんバルコニーのようなところに出る。ちょうど洞窟の上に位置しているようだ。

早紗は薔薇の花を抱いたまま、セリムのあとに続いた。

さらに進むと今度は別の洞窟の入り口がある。洞窟の外壁には白い漆喰が塗られ、鉄製の扉を開けて入れるようになっているのだが、なかは、レストラン同様、信じられないほど広々とした空間になっていた。

天井が低く、カラフルに色が塗られた裸電球がいくつもぶら下がり、壁には幾何学模様の皿や鍋が飾られていた。いかにもグラナダの洞窟住居といったエキゾチズムにあふれている。

「そっちは出演者たちの控え室にしてもらっているが、この奥のほうに私用の部屋がある。こちらで練習しよう」

廊下の一番奥の扉を開けると、ピアノが置かれた応接室のような空間が広がっていた。

それに一枚の大きな絵が飾られていた。

白いアーチ状の柱が立った宮殿と泉。それからレモンなど柑橘《かんきつ》系の木々、それに甘いオレンジ色をした柘榴の花に埋もれるように眠っているアラビア風の衣装をつけた少年。

「これ……」

さっきのステージの絵と同じ画家が描いたもののようだ。タッチが同じだし、サインも同じ。

「そのオレンジ色の花は……アルハンブラにだけ咲く柘榴の花だ」

「……っ」

知っている。この花のことを。夢で見たことがある。いつも見るアラビアンナイトのような夢で見かけた。天人花に似た香りだが、もっと濃厚で、馥郁《ふくいく》とした味わいがあって……。

（……ものすごい既視感……何なのだろう……）

見えそうで見えない。なつかしい感覚。切なさのようなものが胸を締めつけ、居ても立ってもいられない感覚に囚《とら》われていく。

「さあ、こっちにきて」

声をかけられ、早紗はハッとした。セリムはもうピアノの前に座っていた。

あわててテーブルに薔薇の花束をおき、ピアノの横に向かう。

「どうぞよろしくお願いします」

思った以上に、声がよく反響する。さすが洞窟住居だ。

広いホールや教会のように上に声が広がっていくのではなく、壁や床に音が反響する。それがとても不思議な気がした。

部屋の中央に黒いグランドピアノが置かれているが、どうやってこれをここまで運んできたのだろう。この奥にはアラブ風のソファやベッド。赤い薄いカーテンのかかった木製のベッドがとても異国的で、ベロアのソファや枕《まくら》、豪奢《ごうしゃ》な絨毯《じゅうたん》が印象的だった。

「——さあ、歌って」

ピアノの前に座ると、セリムは早紗に楽譜を手渡した。

「は、はい……その前に……少し発声を」

「そうだな。では手伝おう」

セリムが発声用の音階を弾き始める。早紗はピアノのキーに合わせて声を出してみた。大丈夫だ、毎日、練習をしていたので声はきちんと出る。むしろ調子がいいくらいだ。

「やはり綺麗な声だ。やわらかくて繊細で……アルハンブラの風、水の音、月明かり、花の香り……そんなものととてもよく合う」

なにかなつかしむような表情でセリムは静かにほほ笑んだ。

アルハンブラと合う？　この声が？

彼の言う「合う」とは、果たしてどんな感じなのだろう。

まだ早紗は三日前にグラナダにきたばかりで、アルハンブラ宮殿の内部には足を運んでいない。観光客に大人気なのでこの時期はなかなか予約が取れないのだ。

明日の舞台の前に行ってみたいのだが、今からでは予約など取れないだろう。せめてまわりの庭園だけでもひとりで見に行こうか。

「それでは、始めようか。『アルハンブラの思い出』を」

この曲自体はよく知っている。

ギターでも演奏できるし、ピアノも、もちろん歌も。

といっても、元々はギター曲なので、旋律を母音で奏でるだけだ。楽譜には、Ahと記されているだけで、それをUhにするのも自由。こちらの感性に任されるようだ。

セリムのピアノの音は、この繊細な旋律にとても合っている気がした。

美しいしっとりとした音色。きらきらとしたガラス細工が光を浴びて煌《きら》めいているような、そんな心地よいまばゆさを感じる。

彼のピアノの音、それからこの美しいメロディライン。さっき、絵を見たとき以上に、ものすごくなつかしい気がしてきた。

こみあげてくる胸狂おしい切なさ。急に胸がかきむしられたような気持ちに囚われる。

（……え……）

次の瞬間、目の前に、すっとうごめく人々の影が現れた。

あの夢、いつも見る夢がずっと鮮明になって、そのなかにいるような感覚だった。

満月の夜。この曲を歌っているさっきの少年の姿。月明かりを背にしているので、こちらからははっきりと見えない。

その前にいる長身の男性の姿もシルエットだけだ。ただ長身の男の影が泉に映っていて、それだけがくっきりと見える。映りこんでいる虎の影。

早紗はハッと息を止めた。

「――――っ！」

その瞬間、目の前に見えた映像がすっと消えてしまう。

今、はっきり見えたのに。

何だろう、今のは。幻覚？　白昼夢？　錯覚？

早紗は首を左右に振ったあと、セリムをじっと見つめた。

「どうした、なぜ、歌わない」

ピアノを止め、セリムが問いかけてくる。

「……」

早紗は自分の胸を手で押さえた。

わからなくなってきた。何であんな映像を見てしまったのか。

このひとのせいだろうか。この街にきたときはうっすらとしか感じていなかった奇妙な感覚が、このひとに会ってから急速に高まっている。

昔から、くりかえし見てきた夢。幼いころのことは、まったくといっていいほど記憶がないのに、よく見ていた夢のことだけは覚えていた。

アラビアンナイト……「アラジン」の世界にいるような不思議な夢。

その夢の記憶がこの街にきてから鮮明になって、このひとに会ってからなにか不思議な形になりかけている。まだ種子だったものが、一瞬で芽吹いてつぼみとなり、一気に開花してしまうような感覚とでもいうのか。

「……ん……っ」

ふいに涙が出てきそうになった。

何なんだろう。わけもなく切ない。苦しい。胸が痛い。自分の感情がめちゃくちゃになってきている。こんな感覚は初めてだ。

「どうした、気分でも悪いのか？　泣いたりして」

ハッとして、早紗は手でほおを押さえた。びっしょりと濡れている。

「あ……いえ……すみません」

「具合でも？」

「いえ」

「では、どうして歌わない」

早紗はうつむいた。

「……わからないんです。どんなふうに歌えばいいのかが」

歌い方だけではなく、本当は自分の感情がざわついてよくわからなくなっている。

そして、あなたが——と言いたかったが、早紗は言葉を呑《の》みこんだ。

うつむいたままでいると、セリムは立ちあがって肩に手をかけてきた。

「見てみなさい、あの宮殿を」

顔をあげると、セリムが窓に視線をむけた。

淡いレモンイエローの光にライトアップされたアルハンブラ宮殿が向かいの丘の上にそびえ立っている。絵や映像ではない本物の宮殿だ。

「なかに入ったことは？」

「あ、いえ……予約が取れないんです。だから歌の世界が想像できなくて」

言い訳だ。行ったことがないのなら、どの歌だって歌えない。「サムソンとデリラ」などは旧約聖書の世界だ。「トゥーランドット」も「アイーダ」も知らない世界の話だ。ただ、この曲だけはどう歌っていいのか、本物を見なければわからない気がして声が出てこない。

「今のままだと歌えないです。中途半端になってしまいます」

「想像できないのか？　美しい王宮のハーレムを」

「見たこともないのに……想像なんて」

「見たではないか、今……」

「え……」

彼は何て？　早紗は小首をかしげた。

「きみは私のハーレムの美しい小鳥だった」

早紗のあごに手を伸ばし、セリムがくいっと顔を上げさせる。わけがわからないまま眉の間を寄せた早紗に、セリムが低く艶やかな声で告げる。

「私の愛しい妻、私のオメガ……」

オメガ——？

聞いたことがある、その言葉。早紗はハッと目を見ひらいた。

「あの……今……オメガと」

「知っているのか、オメガのことを」

早紗の肩を摑《つか》むセリムの手に力が加わる。

「え、ええ、亡くなる前に……父がその言葉を」

早紗はそのときの話を説明した。母親がオメガだったために、自分もオメガに生まれた。だから成長期が遅い。声もいつまでたっても少年ぽいまま。身体つきも。

「そうか、そんなことを。それはこれまで誰かに？」

「いいえ、誰にも言ったことはありません。あなたが初めてです。今、オメガという言葉をおっしゃったから、ぼくも口にしただけで」

「ずっとひとりで抱えてきたのか」

「はい、それがわからなくて不安で。なにか知っておられるなら教えていただけませんか？」

「知りたいのか？」

「ええ」

「例えば、それがきみにとってとてもつらいことになっても？」

「つらいことかどうかすら想像つきません。それにたとえそれがぼくにとってとてつもなくつらいことだったとしても、真実がそこにあるのなら逃げたくはないです。ぼくは知りたいです」

早紗はきっぱりと言った。

なにか不思議な力のようなものに背中を突き動かされている気がした。どちらかというと、内気で、あまり自分の意思を伝えるタイプではなかったのに、これだけは知りたいという強い気持ちが身体の奥から湧いていた。

ずっと不安の種だった自分のアイデンティティ。そこにつながるオメガという言葉の意味。それがわかるのなら。

「いい目だ。さっきまでとは違う。不安そうな、迷っているような、そんな目もなやましくてそそられるが、やはりきみはそうでないと。見た目は儚《はかな》げなのに、強く、凛《りん》とした精神を持っている。それがきみだ」

セリムは笑みを深めた。形のいい弓形の唇は至近距離で見ると、美しいだけでなく官能的にも感じられ、わけもなく胸が高鳴った。

「そんないいものではないと思いますが、でも知りたいです。知って、自分というものを理解して、そして強くなりたいです」

「ではその言葉を信じよう。受け止められなかったら、私が支えよう」

「ありがとうございます。お気持ち、とても嬉しいです。でも受け止めます。いえ、ちゃんと受け止めたいです」

そんなふうに言葉にすることで、どんどん迷いや不安がなくなってくる。

多分、このひとがいるからだと思った。とてもこちらを気遣ってくれ、初対面なのに支えようとまで言ってくれる。

その優しさに包まれているから、真実を知ろうという勇気が湧いてくるのだ。

「どうか教えてください。……オメガというのは……一体……」

「オメガというのは、もう滅びたとされている性だ。数百年前に」

静かに、はっきりとわかりやすいスペイン語でセリムが言う。滅びたという性？　数百年前には、男女とは違う性があったのか？

「そのころもごくわずかだった。しかもごく限られた地域にだけ。その存在を尊ぶ国もあれば、忌まわしく思う国もあり……当時の女王イザベルは後者だった」

「イザベル女王というのは……五百年以上前の女王ですよね」

有名だ。学校で習った。スペインの女王で、コロンブスのパトロンで、アメリカ大陸発見のスポンサー。そしてスペインにあった欧州最後のアラブ系の国――グラナダ王国を滅ぼした。

「女王の時代には、オメガ……とい存在がいたのですか？」

「彼女がオメガをひどく嫌ったこともあり、歴史的にはなかったことにされてしまった」

「あの……オメガはどういう」

「肉体は男性……といっても、きみのように少年のままの、未成熟な雰囲気の男性がほとんどだ。彼らは、男性でありながら子供を産むことのできる特殊な性の持ち主だ」

え————っ。

早紗は耳を疑った。

「そんな……そんな性があるのですか？」

では、オメガが母親だというのは？　そして自分もオメガだというのは？

「そうだ」

「この国にいたのですね」

「ああ、ほんの少数だが……昔……グラナダ王国にはオメガが存在した。グラナダだけではない、ロシアの辺境にも。イスラムとカトリック系の国の国境に……少しだけ」

そうか。では、父が言っていたことがつながる。母はロシア系だったと。

「オメガはアルファという性を持った相手にしか性欲をおぼえず、特定のアルファとつがいの契約をしたあとは、その相手以外に発情しない」

「そんな存在……聞いたことがないですが……でもそうなんですね」

「アルハンブラ宮殿が敵のものになり、グラナダ王国が滅びたあと、彼らの殆どがこの世から消えてしまった。だが、時々、突然先祖返りのように誕生する。たとえば……」

「では……ぼくの母は……そうだったのかも。父が言っていたこととあなたの言葉……だいたい同じなんです」

「……そうだ」

セリムは目を細め、じっと早紗を見つめてきた。

「そしてきみもオメガだ」

セリムは早紗をじっと見つめた。

「私になにか感じないか？」

小首をかたむけ、セリムは早紗のあごをつかんで顔をのぞきこんでくる。その瞳……。なぜか視線をそらすことができず、早紗は息を呑んだ。

「……どうだ？」

深みのある低い声が鼓膜に溶ける。

「……どう……と言われても」

感じるというのはどういうことなのかわからない。身動きできずにいる早紗の腰を抱く手に力が加わる。ハッとしたとき、唇に息が触れてきた。

「あ……っ」

次の瞬間、唇をふさがれていた。熱い唇を押しつけられる。一瞬、なにが起こったかわからず早紗は硬直した。

「っ……なにを………っ」

驚きのあまり、反射的に早紗は彼から逃れようとした。けれど頭を彼の手のひらに包まれ、壁にもたれかかるようにされ、抱きこまれる形になってしまった。どくどくと脈打つ動悸が振動となってセリムの胸へと伝わっていくのがわかる。

「……っ！」

ほんの一瞬、触れるか触れないかの軽いキスだった。ただ皮膚を触れ合わせた程度だった。それなのに身体の奥が熱くなってきた。

どうしたのだろう。こんなこと初めてなのに。どんどん身体が熱くなっていく。

とまどいながら顔をずらしかけたとき、ふわりと甘い花の香りのような匂いがどこからともなく漂ってきた。

「これ……」

「きみの匂いだ……アマンテス・リリーの香り」

アマンテス・リリー？　恋人たちの百合という意味のスペイン語だが、この国にはそんな百合があるのだろうか。

じわじわと官能を刺激する甘美な、身体の奥を疼かせるような香りだ。

「……媚薬《びやく》のような、蠱惑的《こわくてき》な香り。これはあの絵に描かれているオレンジ色の柘榴の花と同じだ。百合にそっくりの形をしているので、リリーと言っているが、本当は違う。あそこにだけ咲く甘美な香りの花。その花の香りがきみから漂ってくる。おそらくきみ自身が気づいている以上に、私には濃く狂おしく……」

「あの……でもあれはアルハンブラにしか咲かないって」

それと自分とがどうして同じ香りがするのか。

「たまらない、この香り。どうしようもなくきみに触れたくなってしまう。頼む、どうかもう一度キスを許してくれ」

切なげに乞われ、睫毛《まつげ》を揺らしながら早紗は浅く息を吸った。

許してくれと言われても……。でも自分でもわずかに香りを感じるこの匂い。これを嗅《か》いでいると、なにかもっともっと甘くなるようなものが欲しくてどうしようもなくなってくる。

それがキスなのだろうか。それとも別のものなのか。

何なのかわからないけれど、もっとこのひとと密着したいような衝動が身体の奥から湧いてくる。

「……ええ」

素直に、しかし震える声でそう呟くと、早紗は静かにまぶたを伏せた。すると彼が息を吸う音が聞こえ、再び唇が触れてきた。

「ん……っ……」

触れるか触れないか、そっと皮膚をこすり合わせたあと、今度はわずかにゆるめた唇の隙間《すきま》から彼が侵入してきた。

強く腰を抱きこまれ、唇も身体もがっしりと拘束されている。

それが不思議なほど心地よかった。

これまで誰ともこんなふうに触れあったことはない。女性も男性も。触れたいとも思ったことがなかった。それなのにこのひとからされることすべてが心地よくて、嬉しくて、泣きたくなるほどの喜びを感じている。

「……んっ……っ……ぁ……」

ふいにこみあげてくる胸の思い。

切ないのか、なつかしいのか、狂おしいのか。今日ずっと感じていた思いがまた強くなってきて、胸いっぱいに広がっていく。

それが恋というものなのか、それともただ圧倒的な憧れのようなものに近いのか、自分の感情がよく整理できないけれど、このひとに無性に惹かれているのだけはわかる。

いつしか意識がくらくらと眩んで頭にぼぅっと霞がかかっていく。その瞬間、またあの不思議な夢の断片が頭に浮かびあがってきた。

（……どうして……いつも……この夢が……）

またあそこだ。

アラビアンナイトのような、あの夢の世界が頭を支配していく。

今度はやけにはっきりとしていた。


どこからともなく水が流れている音。

アマンテス・リリーという百合にそっくりのオレンジ色をした柘榴の花、白い天人花、赤いブーゲンビレアが夕刻の陽射しを浴びてきらきらと煌めいている。

そんな黄昏《たそがれ》の光を浴びた白亜の床には黒い虎がゆったりと寝そべっている。

虎が寝そべっている床には小さな水路が通り、ライオンの像が守る泉からの水がさらさらと音を立てて流れていく。

その水が夕陽を反射し、金ともオレンジともいえないまばゆい色彩に光っている。

そしてその虎にもたれかかり、アラビアンナイトに出てくる女奴隷のような衣装を身につけた小柄な少年がウードを弾きながらなにか綺麗な音楽を歌っている。

そのとき、誰かの声が聞こえた。

『セリムさま、彼を愛してはいけません。でなければ、あなたは呪われたままで』

その声は？　呪いがかかる――――？

奴隷を消す？


「……っ」

今のは何だったのか。

一瞬、耳にこだましたように感じたその鮮明な声に驚き、早紗は硬直してしまった。すると、なにか思うところがあるのかセリムがすっと唇を離す。

「……っ」

早紗の肩をポンと叩き、申しわけなさそうに微笑する。

「すまない、性急だったな、驚かせたようだ」

「あ、いえ、そんなことは」

そうじゃない。そのことで驚いたのではない。それよりも今聞こえた言葉が気になって。

奴隷を消さないと、セリムに呪いがかかる。

はっきりとそう聞こえた。けれどそれは言えない。呪いだなんて、あまりにも不吉なので口にするのをはばかられた。

「すまなかった、出会ったばかりなのに……。言い訳のように聞こえるかもしれないが、こんなふうに自分で居てもたってもいられなくなるのはきみにだけだ。普段は誰かに触れたいと思うことはない。とても理性的なんだが……どうもきみといるとおかしくなってしまって」

「……」

「といっても信じてくれないか?」

「あ、いえ、そんなことはないです」

それなら自分も同じだ。彼といると妙におかしくなってしまった。

キスはとても心地よかったし、もっと触れあっていたいとさえ思った。これまで他人にこんなふうに感じたことなど一度もないのに。

「私は……オメガにしか惹《ひ》かれないアルファという性の持ち主なんだが……きみ以外のオメガには何のときめきも感じない。正しくは……ひとり、過去に惹かれた相手はいたが」

その言葉に、なぜか胸が軋《きし》んだ。

「あの……その方は？」

「……裏切り者だった」

「え……」

「私を裏切っていたのだ。敵から送りこまれた刺客だったが、知らないまま愛してしまった。裏切りに気づいたとき、彼は私の大切なものを奪っていった」

セリムは淡々と話しているが、それがかえって彼の心の傷を感じさせる。

「憎んでいるのですか？」

問いかけると、「いや」とセリムは首を左右に振った。

「ただ、そのときから私は呪われ、時間がとまってしまった。魔法にかかったように」

それはつまりそれくらいショックだったということなのだろうか。

ふっとなにかが記憶の底から甦《よみがえ》りそうな気配を感じた。

どうしたのだろう、身体の奥が痛い。と同時に、足元が崩れそうな、得体の知れない不安のようなものが胸を覆っていく。早紗は急に怖くなってきた。

「……どうした、蒼い顔をして。きみが呪いをかけた犯人のような顔をしているぞ」

その声に早紗はピクリと身体を震わせ、セリムを見あげた。

「すまない、物騒な話をして。それでなくてもオメガのことを知って、複雑な気持ちになっているのに、呪いだの裏切りだの。どれもすべて過去の話だ」

「いいえ、訊いたのはぼくですから。反対に、過去のお辛かったときのお話を質問したりして……申しわけなかったです」

「きみは優しいひとだ。とても細やかな心づかいを示してくれて」

「いえ、それならあなたこそ。ぼくはただ思ったことを口にしているだけで……」

「そうしたところがとても優しくて胸が熱くなる。どうも私はきみの歌に加えそのような心づかいに惹かれてしまうようだ。いつ出会っても同じ」

まるで前からの知りあいで、以前にも惹かれていたような言い方だ。さっきからどうも誰かと勘違いされているように感じなくもない。

その裏切った相手と自分とになにか共通点でもあるのだろうか。

「きみのことをもっと知りたい。明日、私に時間をくれないか。ふたりで過ごそう」

「でも明日はステージが」

「よかったら、明日、舞台の前にアルハンブラに行かないか。そこで実際の宮殿を見てから歌ってみるのはどうだ?」

「アルハンブラ……行きたいですか……チケットが」

「大丈夫だ。それくらいいくらでも用意できる。せっかくだ、観光客が来る前の、朝一番のチケットを手配しよう。朝七時半、正義の門の前にきてくれ」

2　ライオンの中庭

朝七時過ぎ。広場でバスから降りると、強烈な朝の光に早紗は目がくらむのを感じた。

「う……っ」

市庁舎に面したヌエバ広場前——まだレストランも観光案内所も閉じていて、観光客の姿も大道芸人の姿も物売りの姿もない。

のんびりと鳩《はと》や雀《すずめ》たちだけがたむろし、噴水から流れる水だけが陽の光を反射してキラキラときらめいている。

とても静かな空間の石畳に、それでも自分の影だけはくっきりと刻まれ、その朝の光の強さ、影の濃さに、ああ、ここは光と影の国なのだと、改めて実感する。

「早紗、こっち。早く行かないと遅れるぞ」

マルコスに声をかけられ、「あ、今、行く」と答えて広場に背を向ける。

細長い道にむかうと、ずらりと土産物屋が並んでいた。まだ八時前なので、どの店もシャッターが下りたままだ。

セリムが頼んだらしく、マルコスが「正義の門」まで案内してくれることになった。

タクシーや車ではなく、この坂道をのぼるようにと指示されたらしい。

セリムとの待ちあわせは、この坂道を上ったところにある「正義の門」——日本語では「裁きの門」ともいうらしいが、その言葉だけでもミステリアスな気がしてくる。

歩きながら、早紗は昨夜のセリムの言葉を思い出していた。

『そうしたところがとても優しくて胸が熱くなる。どうも私はきみの歌に加えそのような心づかいに惹かれてしまうようだ。いつ出会っても同じ』

いつ出会っても？

その言葉が気になって、昨夜はなかなか眠れなかった。

誰かと勘違いされているような気がしたけれど、もしかすると、いつ、どんな相手に出会っても「そのような心づかい」に惹かれるという意味だったのかもしれない。

もちろん眠れなかったのはそれだけではない。

奇妙なほど身体が疼いたせいもある。じわじわと肌の奥のほうに熱を帯び、生まれて初めて自慰というものをしてしまった。

やり方がよくわからなくて射精にまでは至らなかったけれど……乳首や性器にそっと自分で触れてみたのだ。

指先で乳首を転がすと、下半身のあたりにずくっとした感覚が広がり、下着のなかに手を入れると、性器の先端にとろとろの雫《しずく》がにじんでいた。

そこをもっといじりたい、もっと刺激が欲しいという衝動も湧いてきたが、それ以上に、下肢の奥――そっちの孔《あな》のあたりにうずうずとした疼きを感じて怖くなった。

自分から漂う匂いがさらに強くなり、寝返りをうっただけでふわっと甘い花の匂いがしてきた。おそるおそる手を伸ばすと、そこもぐっしょりと濡れていた。

男のそんな場所が濡れるなんて聞いたことはない。

マルコスにゲイの友人が多いのもあり、スペインにきてから、男性同士の性行為でそこを使ってつながる話をたまに耳にするようになった。

けれど女性と違って自分から濡れたりしないので、潤滑剤を使ってほぐさないと挿入されるほうが辛い。だからいつでも大丈夫なように持っている。

マルコスがそんな話をしていた。

そうだ、普通の男性は濡れたりしないのだ。それなのに早紗のそこはとろっとした熱っぽい蜜にずくずくに濡れている。

そっと指先で試しにつついてみると、ひくっと入り口のあたりが震え、さらに粘り気のある露のようなものがあふれ出てきた。

――まさか……これはぼくが……オメガだから?

そんな疑問が湧いてきた。

男なのに、運命の相手だというアルファとの間に子ができてしまう性。

まだはっきりとそれがどういうものかわかってはいないけれど、セリムの言葉だと、オメガは男性でも妊娠できる稀《まれ》な身体の持ち主らしい。

母もそうだったのなら、自分の母親は女性ではなくてオメガだったのか?

だから父はなにも言わずにいたのか?

では父はアルファだったのか?

今となっては確かめようがない。父はいないし、母親がどんな顔なのかも知らない。

昨夜は怖くなってそれ以上のことはしなかった。甘ったるい疼きにそのまま支配されそうになったが、それでも、そんなに性欲がないのか、成長しきっていないせいなのか、明け方にはうつらうつらすることができた。

（でもっぱり……寝不足だから……太陽がまぶしくて……身体が重い）

幸いにもまだ午前中の涼しい時間帯なので、今はいいのだが、これ以上、きつくなったら倒れてしまいそうだ。

「暑い？」

「あ、うん……今はまだ。今日も暑くなりそうだね」

「早朝でこれだもんな。午後はもっと暑くなるぞ。軽く40度は超えるよ」

ハハハと明るく笑い、マルコスが背中をポンっと叩いてくる。シンとした坂道にそれぞれの足音が響き、路上にはふたりの濃い影がくっきりと刻まれていた。

「すごいな、早紗、セリムさまからじきじきにアルハンブラ宮殿を案内してもらえるなんて」

「昔からの知りあい？」

「いや、最近かな。噂では、グラナダ王の末裔《まつえい》らしいけど」

「グラナダ王？」

大航海時代のイザベル女王の時代に滅びた王家のことだ。

「グラナダ王国にはナスル王朝というのがあって、その最後の王がイザベル女王にアルハンブラ宮殿の鍵を渡して、王国は滅んだと言われているけど、それは違うんだ」

「違う？　教科書ではそう習ったけど」

「それは後世に勝手に作られた歴史であって、実は、そのとき、アルハンブラの宮殿のなかで本当のグラナダ王は命を落としてしまったんだ。呪いの伝説どおり」

「呪いの伝説って……昨日、ホールにあった絵に描かれていたあれ？」

「そうだ、鍵と指輪が出会うと呪いが解けると言われているあれだ。その呪いはいろんな説があるけど、実際はこうなんだ――グラナダ王は正義の血を守っていかなければならない。敵国の人間との間に子孫を作ってしまったとき、王国は滅びる、と」

その言葉にぞくっとした。なぜか背筋が震えたのだ。

「そして王は正義の門に刻まれた呪いによって裁かれ、永遠の時間をさまよう運命となる。もちろん子孫も呪われ、すべてが失われる」

「そう……なんだ」

「昔からグラナダ人の間に語り継がれている話だけど、俺も、グラナダ王国が滅びたのは、カトリックの勢力に圧倒され、イザベル女王の軍隊に屈したのではなく、魔法によって呪われたからだと思う。そのほうが信憑性《しんぴょうせい》があると思わないか？」

と、真剣な顔で訊かれても、「うん」とはうなずけなかった。

呪いや伝説よりも――イザベル女王の軍隊に屈した、カトリックの勢力に圧倒された――というほうが信憑性がある気がするのだが。

「セリムさまは、そのグラナダ王の末裔なんだ」

「あ、でも、さっき、グラナダ王は命を落としたって言わなかった？」

「いやいや、実はグラナダ王は生きのびていたんだ」

「歴史の本には、王国が滅びたあと、亡命したって書いてあったけど、その子孫なの？」

「いや、そうじゃなくて……まあ、とにかくよくわからないけど、イザベル女王の陰謀で命を落として、でも生きていて、セリムさまになったんだ」

よくわからないって……。しかもいつの間に女王の陰謀に変わったのだろう。さっきは軍隊に屈したと言っていたはずだが。

「絶対そうだって。俺はそれを信じるよ。セリムさまはグラナダ王国を復活させるために存在しているグラナダ王の末裔。俺以外もそう思っている人間は多いよ」

今度は、グラナダ王国復活まで話が大きくなっている。

「でも歴史のテキスト《教科書》とは……」

「テキストがおかしいんだ。イザベル女王が勝手に歴史家に書かせたことがそのまま載っているだけの、都合のいい歴史だよ。テストのとき以外、意味ない感じ。それよりセリムさまはグラナダ王国の呪いを解くために誕生した王国の末裔、いつか王国を復活させるってほうが絶対楽しいし、ドキドキするじゃないか」

スペイン人というのは、面白いな、としみじみ思う。マルコス以外は、そうよく知らないけれど、随分と日本人とは違うようだ。

何の脈絡もなく、思いついただけでどんどんできあがっている話のようにも感じるけれど、確かに彼が信じている話のほうがドキドキする。

テキストどおりの歴史は、確かにテストのときだけでいい。誰が得をするわけでも楽しいわけでもないのなら、マルコスが言っていることを信じてみるのも楽しい気がしてきた。

「ということは、今から、ぼくはグラナダ王国の王さまの末裔から、じきじきに宮殿を案内してもらうわけだね」

「そうそう、すげーな、早紗。うらやましいよ」

「マルコスは一緒に入らないの？」

「俺はダメなの。王さまは恋人とふたりだけで過ごしたいんだから」

「ちょっ、恋人とふたりだけって」

「えっ、早紗、セリムさまの恋人になったんじゃなかったの？」

当然のように真面目《まじめ》に言われ、早紗は硬直した。

「なな、何でそんな話に」

「薔薇の花、もらっていたし、私室に呼ばれてふたりきりで過ごしていたし、今日もアルハンブラ宮殿を案内してもらうし、みんな、もう早紗はセリムさまの恋人だって認識してるよ」

「待って、みんなって誰だよ」

「うちのレストランの店員、セリムさまの部下、それからレストランのあるサクロモンテの丘の住民、フラメンコの店の人たち、それからサクロモンテに近いところにあるアラブ人地区の住民だろ、もっと奥にある洞窟住居の住民も。ええっと……あとは……」

「待って……なんでそんなにたくさんの人が」

「あの辺り、みんな、昔からの知り合いだし、誰かひとりが知っていることは、たいてい全員が知っているよ」

何という……。さすがスペイン。こういうところも日本とは違う。

「じゃあ、訂正するね。恋人じゃないよ。ただ歌を好きだって言ってくれただけ」

「早紗、それでいいの？」

「わかんないよ、昨日、会ったばかりなのに」

「そんなの関係ないよ。出会った夜に結ばれる運命の恋人なんて、よくある話だ」

ぼくの周囲ではよくありません……と説明するのに疲れそうな気がして、早紗は「ハハ」と明るく笑うだけにしておいた。

「さあって、ここからが歩くの、けっこう大変だぞ。この柘榴の門の先がアルハンブラ宮殿の敷地になっているんだけど」

見れば、けっこうきつそうな坂道が続いている。それでも道の両脇に背の高い木々が植えられているので、ちょうど日陰になって太陽からは逃れられそうだった。

「あ、でも風が気持ちいい」

坂道に圧倒されながらも、歩き始めると、植物のみずみずしさを含んだ空気が肺のなかに入りこみ、身体が一気に浄化されていくような心地よさを感じた。

木々の向こうは、左側が城壁、右側が車用の道になっているが、うっそうと天高く生えている木々のおかげで森のなかを歩いている感じがした。

「見えてきた。あれが正義の門だ。バスだとチケットセンターに直接行ってしまって、ここに来られないんだ」

正義の門——赤茶けた色の異様な門が目の前にそびえていた。

（どうしたんだろう……不思議だ。なつかしい気がする）

この香り。どこからともなく甘い香りがして、ふいに胸の奥が疼いた。そのとき、門の前に刻まれた手のひらが見えた。

手前にはファティマの手。奥には、一対と言われている鍵が刻まれている。

「あれ……ステージの絵の」

「そうだよ、あれが——」

マルコスが答えようとしたとき、ふっと背後に気配のようなものを感じた。

「あれが本物のファティマの手、それから鍵だ」

昨夜と同じ。セリムの声が聞こえ、胸が甘くうずいた。

「あの手と鍵が触れあうとグラナダの魔法が解け、この城が呪いから救われる」

胸がさらに騒がしくなる。やはり自分はこの人に特別に惹かれているようだ。振り向くと、昨日と同じ、糸杉の向こうに黒っぽい虎のような獣がよぎる。

まただ。また見えた。昨日、この人と会ったときもキスしたときも、それから幻影も。

「どうしたんだ、早紗」

きょとんとしている早紗にマルコスが不思議そうに声をかけてくる。

「あ、いや、虎が」

「ああ、虎は昔からここを住処《すみか》としていたからね」

「えっ、虎がいるの？」

「ああ、獅子《しし》もあちこちに」

「ええっ、ライオンも虎もスペインに？」

「そう、なんといっても、獅子はスペイン王家の紋章だろ」

「あ……そうだけど」

「獅子の紋章をたずさえたスペイン王家は獅子王の血をひいた獅子の化身。そしてグラナダ王は虎王の血をひいた虎の化身。獅子王と虎王の先祖はずっと領土争いをしていた。その最後の土地がこのグラナダだ。だからここには、獅子の魂も虎の魂もたくさん存在しているんだよ」

「本当に？」

「本当もなにもそのほうが確かな感じがしないか？」

ああ……またマルコスの夢物語か。

けれど驚きはしない。さっき、マルコスの話を楽しんでみようと思ったからだ。

ちょっとしたドラマのようで楽しい。正しい歴史には思えないが、そうした夢物語を想像してみるのもロマンチックでわくわくとする。

セリムさまは呪いのかかったグラナダ王の末裔で、かつての王国を復活させるために存在している。

虎の化身。

「マルコス、もういい。ここから先の説明は私がするよ。楽しみを奪うな」

「あ、はい。じゃあ、セリムさま、俺はこれで失礼します」

マルコスの姿が消えると、セリムが目を細めてほほ笑みかけてきた。

「では、案内しよう。ここはこの世の天国のような宮殿だ。世界でここにしかない。だが、それゆえ、人間たちの欲望の的になり、争いあう原因にもなった。そしてこの楽園を守るのがグラナダ王に与えられた使命だった」

確かに、この宮殿もこの街も、カトリック、イスラム、そしてジプシーたちの歴史の栄枯盛衰にまみれながらも生き残り、今、世界でも人気の観光地だ。

「この宮殿には何百年も前から伝えられている言葉がある。ファティマの手と天国の鍵がふれあうと、魔法にかかったグラナダの呪文が解ける、と」

「さっき、おっしゃっていたことですね」

「そうだ」

「マルコスも言ってました、ここの伝説について」

早紗は自分が聞いた話を口にしてみた。グラナダ王にかけられた呪い。敵を愛してしまったから滅びた。虎王の化身の末裔。王国を復活させるために存在している。

「そうか。そんな話を」

冷静に考えれば、このひとが虎の化身などありえないと思うのだが、一緒にいるとそれも真実かもしれないという気持ちになってくる。

「それできみはどうなんだ。ずいぶん楽しそうに聞いていたが、伝説を信じているのか？」

「信じてみることにしました」

「どうして」

「それはそれで楽しいじゃないですか。夢物語のような、ドラマのような感じだけど」

「私がグラナダ王の末裔で、虎の化身で、王国復活させる……という話が、か？」

「ええ、目の前のひとが歴史に関わっていると思うと、楽しくないですか？」

「そうだな、それも一理あるな。では、今から私はグラナダ王の末裔ということにしよう」

「はい、そうしてください」

「きみは……思っていたよりも……」

「え……」

「いや、繊細そうな外見や美しい容姿、優しい心づかい……まじめで純粋な少年だと思っていたが、けっこうおもしろいところもあるのだな」

「もしかすると自分がオメガだとわかったこともあるかもしれません」

ふと自分でもこれまで思ってもいなかった言葉が出てきていた。

「どういう意味だ？」

「オメガってものがなんなのかずっと知らなかったし、自分が何者かわからなくて……事故で記憶が曖昧なこともあって。だからこれまで不安で、人と話をするのも苦手で、友達もいなくて……でもこの国にきてから少しずついろんなことが楽になって」

漠然とした感情を言葉にするのはむずかしい。でも言っておきたかった。

「それで昨日、オメガのことがわかって……それって……びっくりするようなことではあったんですけど……自分の声のことも、未成熟なことも……不安の原因はすべてそこにあった、自分はオメガだからそうなんだと自覚したとたん、心が軽くなって」

ふわっと早紗はセリムに笑顔を向けた。

「だから気持ちが解放されたのかもしれません。ぼくが妊娠できるかもってこと自体、普通ならありえないびっくりすることですけど」

本当にそうだ。でもそのおかげで心が軽くなった。

「だからそのままマルコスの話を信じて過ごして、この世界を楽しもうって思ったんです。真実を知ったことでアイデンティティがわかって。それって不思議ですね、この幸せな感じ、父のパエリアを食べたときみたいで」

「ああ、幸せパエリアとか言ってたな、昨日の」

「えっ、もしかして食べてくれたのですか」

「もちろん。オーナーとして、新しい商品の味見は必要だ。あんなに幸せと元気がもらえるパエリアを食べたのは久しぶりだ」

セリムはとても幸せそうに微笑した。

「嬉しいです、そんなふうに言ってもらえて。昔から、あのパエリアを食べると、幸せだなーという気持ちになって、辛いこととか不安とかも消えて、よしがんばろうと元気になれたんです。だから幸せと元気という言葉が一番嬉しいです」

笑顔をむけた早紗の髪をセリムは手でくしゃっと撫でた。

「あの……」

「すまない、つい愛らしくて」

「そ……そうですか？」

「ああ、きみは……とても素直で愛らしい。一緒にいるとみずみずしい気持ちになる。あのパエリアを食べたときも幸せを感じたが、きみは私に幸せを与えてくれる貴重な存在だ」

そんなこと、真顔ではっきりと言われると照れてしまう。でも彼の言葉を素直に嬉しいと感じようと思った。

照れくささもあるけれど、なによりも不安を感じてばかりだった自分の心のストッパーを外そうと決心していた。

「ありがとうございます」

それが本音だ。ありがとう、嬉しい、という気持ち。

信じたいものを信じよう、気持ちを軽くして前に進もう、いろんなことを楽しもう、幸せを堪能しよう、素敵なことをたくさん身体に感じよう。

この国にきて、このひとに出会って、そんなふうに思うようになってきた。

「さあ、予約の時間だ。観光客が押し寄せる前に案内しなければな」

つややかに彼が微笑して、早紗に手を伸ばす。

手をつないでいこうということなのか。ちょっと照れくさいが、早紗は「はい」と笑顔で彼の手を取った。

大きくてあたたかい手。やっぱりどこかなつかしかった。


サグラダ・ファミリアに次いで人気のスペインの世界遺産アルハンブラ宮殿。

かつてグラナダ王は、ここで数百人もの家族と住んでいたという。

美しい糸杉の庭園を抜けると、赤い壁の城壁アルカサバや、がっしりとしたカルロス五世の宮殿などがあるが、セリムがまっすぐ早紗を連れていったのは、三十分ごとに入場制限のある「ナスル宮殿」だった。

そこに入ると、イスラム教時代のグラナダ王国にタイムスリップしたような空間が待っていた。

グラナダ王が暮らしていた居城。

「……っ」

おかしい。この宮殿に入った途端、早紗は自分の身体の変化に驚いた。

ここにきてから、どうも身体の奥が熱っぽいのだ。

グラナダにきて、セリムに会ったときも甘い疼きを感じたが、このナスル宮殿に入ったとたん、どんどん身体の奥が熱くなってきてどうしようもない。

美しく彫刻がほどこされた半円形のアーチ、四方を取りかこむアラビアンナイトさながらのエキゾチックな建物。それに美しい建物をくっきりと映しだした泉。

　四方を石造りの建物でとり囲んだ中庭にいると、ちょっとした足音でも音と音とがぶつかって反響して、まわりの花の匂いと木陰を抜けたひんやりとした風とが一体になって、自分に絡みついてくるような不思議な拘束感をおぼえた。

　何だろう、その感覚が強くなればなるほど意識がくらくらとしてくる。と同時になやましい感覚が肌を熱くしてしまう。

「この次にあるライオンの中庭。そこはかつてハーレムのあった場所だ」

　ハーレム……。王の妻たちの居城だ。その言葉だけで、さらに身体が熱くなってしまうのはどうしてだろう。

「……っ」

　鍾乳石《しょうにゅうせき》作りでできたライオンの宮殿に行くと、そこにあるライオンのパティオからつながる水盤の前に向かう。

　観光客や警備員の姿もあったが、人影がちらほらとあるだけだった。

「ここ」

　六頭のライオン噴水から四方に延びた水路が繊細な細工がほどこされた周りの部屋へと通じている。そのうちの一つ、水路の途中に作られた円形の水盤をセリムがのぞきこむ。

「これ……見たことが」

　膝をつき、床に刻まれた水盤に手を伸ばして見た。触れた瞬間、早紗は何かを思い出しそうになって怖くなった。

一瞬、まわりから他の観光客も警備員の姿も消え、ジリジリと頭上から照りつける太陽と隣に立つセリム以外のすべてがいなくなったように感じた。

次の瞬間、また黒い虎が見えた。

ライオンの泉水の前に黒い虎が現れたかと思うと、その前にひとりのほっそりとした少年が立っている。アラビアンナイトのような服装をしている。

（あれは……昨日、一瞬見えた幻影だ）

「……」

あなたにも見えますか？　とセリムに声をかけようとしたが、声が出ない。自分も彼もその場から動けないようだった。

まるで映画を見ているような感じだった。

じっと見つめていると、虎がゆったりと噴水の傍に伏せ、少年がその横に座る。

黒い虎はどのくらいの大きさかわからないが、これまで動物園で見た肉食獣の中でもとりわけ大きく、それでいてたくましく、若々しく見えた。

黄色の部分がうっすらと黒い。黒い虎が少年にもたれかかり、少年も虎に寄りかかる。とても親しそうだ。

やがて黒い虎が首筋や胸を舌先で愛しそうに舐《な》め始めた。

彼らからは、早紗たちの姿は見えないようだ。

まったく周囲に気遣うこともなく、彼らだけで楽しそうに過ごしている。やがて少年は水路が流れる大理石の床に横たわり、虎がその上にのしかかっていた。

えっ……と思った瞬間、いつの間にか虎が人間の姿に変わっていた。

グラナダ王国の王族のような雰囲気の男だった。

「待っていた、私のオメガ。きみがここにくるのを」

男がそう言って、少年を抱きしめる。

オメガ……あれがオメガ。

「あっ」

逆光になって見えなくなっていたふたりの顔が、太陽に照らされ、はっきりと早紗の眼に映る。

その瞬間、早紗は目を疑った。

あれは――――――!

早紗とセリムの顔だった。

少年の顔は早紗。そして黒い虎から人間に変わった男の顔はセリム。そのまま周りを気にすることなく、ふたりが濃厚に睦《むつ》みあい始める。

頭上からじりじりと降り注いでくる赤い夕陽が眩《まぶ》しい。

彼らの肌がオレンジ色に染まっている。

そのまわりには、オレンジ色をした百合――いや、百合にそっくりの柘榴の花が咲いている。

白い建物が一斉に金色に煌き、ふたりが本能のままに求めあっていく。

「ん……っあっ……あっ……ふ……っ……ああっ……っ」

早紗によく似た少年が甘い声をあげる。その声がパティオに反響していく。

「さすがに私のオメガだ。私の唯一の愛妻……」

セリムに似た男が満たされたような幸せそうな笑みを浮かべる。

男が少年の足の間に手を伸ばし、長い指先を少年の性器から滴るとろとろとした蜜に絡ませている。

金色の夕日が濡れた男の手に反射している。

「ん……ふ……っう……んんっ」

気がつけばふたりがくちづけしあっている。

あたりには甘い花の香りが漂う。その香りの濃厚さのせいか、見ているだけで早紗の神経がなやましく刺激されてくる。

あのひとたちは何者なのか。

警備員も観光客も姿はない。ここには、水盤の横にたたずむセリムと、その横で床に膝をついている早紗しかいない。

ぴくぴくと身体を痙攣《けいれん》させ、早紗に似た少年が熱っぽい眼差しで男を見あげている。自分がセリムと濃厚な行為をしているようで心臓がドキドキしてくる。

「これは運命だ、グラナダの呪いとなるか、呪いを解く鍵となるか」

深みのある声で囁き、男が少年にくちづけする。

じゅわっと爛熟《らんじゅく》した果実のような匂いがあたりに広がり、早紗は全身が甘く痺れるような錯覚をおぼえた。

「……っ」

彼らは一体何者なのだろう——幻影が消えたと同時に身体が動き、セリムに問いかけようと立ちあがった瞬間、あたりの視界が大きく揺れた。

ユラっと足元が崩れるような感覚に早紗は引きずりこまれていく。

「————早紗っ！」

早紗————っ！

セリムの声が響いたところまでは覚えている。

幻影の彼なのか、本物の彼なのかわからないけれど。

「あ……」

気がつけば、アルハンブラ宮殿内のベンチに横たわっていた。ただしくはセリムの腕のなかで。ちょうど日陰になっている場所にいる。

さっきまで夕日のなかにいたような感じだったのに、まだ午前中のひんやりとした風が早紗の首筋を撫でていた。

「軽い熱中症になったようだ」

「熱中症？」

それで意識を失って、こんなところにいたのか。

「すみません……睡眠不足で」

微風が過ぎていく。その風を吸いこみ、早紗は前髪をかきあげた。

「あの……今のは……」

早紗はセリムに支えられながらゆっくりと身体を起こした。

「今の？」

「見なかったのですか、ライオンの噴水の前に……」

「なにを？」

真顔で問われ、早紗は口ごもった。

もしかして、夢でもみていたのだろうか。自分で思っているよりも早く意識を失っていたのかもしれない。

だとしたら、言えない。あんな妖しい夢を見てしまったなんて、恥ずかしいことを。

「あ、いえ」

どうしたのだろう。ますます身体の奥が変になっている。どうしたのか。これが性的な興奮というものなのだろうか。

身体の奥が疼く。昨夜、自分で慰めようとしたとき以上のものが身体の奥で燃えあがってきているのがわかる。

「早紗……これを飲みなさい、落ち着く」

顔が火照ったようになっている早紗に、セリムが小さな錠剤を差しだしてくる。オレンジのような色をしている。

「具合が悪いときに効く」

「はい、ありがとうございます」

持っていたペットボトルの水を飲み、早紗は素直にそれを口に含んだ、オレンジではない。もっと濃厚な、桃の味に似た錠剤だった。

こくっと水と一緒に喉《のど》の奥に流しこみ、胃にそれが落ちていく。するとすーっと熱が引いたように、身体の疼きが治まってきた。

「これ……」

「オメガのための抑制剤だ。あの絵に描かれていた柘榴の花の実を潰《つぶ》したものだが、身体が疼いてどうしようもないとき、これを飲めば」

「これ、どこで手に入れられるのですか」

さっき見た映像のなかだと、ライオンの泉の近くにオレンジ色の柘榴の花が咲いていた。けれど今のライオンの泉の場所にはそんな花は咲いていなかった。

「これは……もう手に入れることはできない」

「そんな……」

「あとでそのことについて説明しよう。それよりも戻ろう。今夜のステージのためにも、きみは少し眠ったほうがいいだろう」

セリムとともにアルハンブラ宮殿から戻ったあと、早紗は軽く昼食を食べ、それから昼寝の時間をたっぷりと取った。

少し練習したあと、用意された衣装を身につける。

ハーレムの女奴隷のような衣装を着てもらうと言われていたが、確かにそんな雰囲気のものだった。

ちょっとばかり恥ずかしい気もしたが、衣装を身につけると、ステージに出なければという引き締まった気持ちになり、一気に現実から離れたような感覚になった。

出番が近づき、舞台の裏に向かう。ちょうど一つ前の曲が始まったばかりだった。

第一部はガラコンサート。第二部はフラメンコ。

スペインゆかりの有名なオペラのアリアや歌曲が次々と流れていく。

早紗の前はビゼーの「カルメン」だった。綺麗な声の本物のオペラ歌手が「ハバネラ」を歌う。

いかにもスペインといった雰囲気のエキゾチックで魅力的な歌だった。

(このあとに歌うのか)

自信をなくしてしまいそうになったところにセリムが現れる。

ピアノ伴奏用に、黒いスーツに着替えていた。さっきまでのアラブ風の白い装束とはまったく雰囲気が違う。

「魅惑的な魔性の女——カルメンに圧倒された観客を、きみの『アルハンブラの思い出』で甘い夢心地にしてやれ。このアンダルシアの美しい夏にふさわしい雰囲気に」

「……セリムさま」

「夢のような時間を作るんだ。観客を甘く酔わせるような。きみの声にはそんな力がある」

甘い夢心地か。そうだ、カルメンの誘惑的な激しい嵐のような旋律のあと、アルハンブラの思い出のゆるやかでやわらかな空気感を出すことを目標にしよう。

そう決意し、早紗はステージに出た。

「次は、バルセロナ音楽院の研修生が特別ゲストです。若きカウンターテナーの卵が、『アルハンブラの思い出』を歌います」

司会に紹介され、観客ががっかりしないか心配したが、学生の若いカウンターテナーということで熱い支援にも似た拍手で迎えられた。

「Ah…」

ホールの設計のせいなのか、音響がとてもいい。声は想像している以上によく伸び、綺麗に反響していた。

身体の中心部からとばしるように弾力感のあるやわらかな声が出てくる。

伴奏を入れても、たかだか数分間の短い音楽だ。

精一杯、このたった数分間を夢の世界にしよう。そうだ、そのために、今日、あの宮殿に行ったのだから。

糸杉の影から吹いてくる微風の心地よい涼しさ。そのたび、さらさらと音を立てて泉が流れていく音が聞こえ、まばゆい太陽があざやかに花を照らし出す。

　繊細な装飾がほどこされた白い壁に囲まれた中庭。鏡のような泉にくっきりと映っていた建物の影がとても美しかった。

　現実世界とは違う、別のアルハンブラ宮殿の世界がその泉のなかにあるような気がして。

　いや、確かにあったような気がする。

　夢だったのか、何だったのかわからないけれど、揺らめく花の陰で結ばれていたふたりの男――セリムと早紗の顔をした、別世界の人物たち。

　あそこにいたのは黒い虎の化身――グラナダ王。

　ああ、あれはもしかしてセリムの先祖の姿だったのかもしれない。

　ふとそんなことを思いながら歌っているうちに、また身体の奥が熱くなってくるのを感じた。さっき抑制剤を飲む前に感じていた疼きと同じ感じがしてくる。

　セリムのピアノがとても心地いい。音が皮膚に絡みついてくる。

　オメガだということを教えてくれ、さらにはアルハンブラ宮殿を案内してくれ、パエリアをおいしいと褒めてくれ、歌を好きだと言ってくれた。

　もっと彼を知りたいという気持ちが湧いてきて、さらに身体が熱くなってくる。

　セリムの眼差しに背を向けているのに、彼のピアノの音、背中に感じる視線、それから鼻腔に残る甘い花の香りが全身を包んで不思議な熱に囚われていくようだ。

　音も皮膚も香りも、なにもかもが皮膚や毛穴のすみずみにまで溶けこんで自分を支配されていくような気がする。

ああ、あのときと一緒だ。

四方を囲まれたナスル宮殿に入ったときの感覚。建物全体、宮殿全体に支配され、囚われていく、甘美な拘束感を彼の音から感じるのだ。

その感覚に浸れば浸るほど、早紗の喉からいつもよりもずっと艶やかな声があふれる。

ほんの数分間の歌。けれどどうしたのか、もっと長い時間、はるか昔からこうして歌っていたような錯覚を抱いているうちに歌が終わり、喝采《かっさい》が早紗を包んでいた。

3　つがい

「……っ」

ステージの裏にもどるなり、あまりの身体の熱に早紗は意識をクラクラとさせていた。もう身体の熱が我慢できない。

ものすごい拍手とアンコールの声を受け、人に喜んでもらえることへの幸福感を感じた。

けれど同時に、歌に集中しすぎるあまり身体が高揚したのか、異様なほどの昂《たかぶ》りにどうにかなってしまいそうでもあった。

「……あなたと……ぼくはどういう関係なのですか」

苦しい息をしながら問いかける早紗に、セリムは視線を落とした。

「教えてください……あなたとぼくは……運命的な関係ですよね」

すがるように尋ねると、セリムが浅く息を吸う。そして早紗をじっと見つめた。

「知りたいのか」

「ええ」

声が震えている。身体の熱と異様な下肢の昂りに膝も足元もガクガクしていた。

「もしそうだったら？」

「そうだったら運命に……従います」

「早紗……」

「あなたに会ってから自分が……おかしくて。あなたがいるだけで胸が騒《さわ》がしくなる。触れられると身体の奥が熱くなって……」

これでは愛の告白ではないかと思いながらも、母国語の日本語でないせいか、何のためらいもなくストレートな思いを言葉にしていた。

「それに……あなたの後ろに黒い虎が見え隠れして……アルハンブラで意識を失う前にも」

「虎……か。他には？」

じっと見つめられ、もう肌がざわめくのを止められない。

「……その虎があなたに変身して……その側にぼくがいる幻覚が見えて……ふたりは……」

セックスしてましたとはさすがに外国語でも口にできなかった。

「……私が虎に変身……か」

セリムはふっと笑うと、早紗のほおに手を伸ばしてきた。

手のひらでほおを包みこまれ、かすかに電流が走ったように肌が痺れたような気がした。ずっと感じている体内の疼きがどんどん強くなってくる。

「う……んっ」

喉から甘ったるい声が出そうになり、それをこらえようと早紗は息を止めた。そんな早紗のほおをさらに彼の手がすっぽりと包み、顔を近づけてくる。

「……発情している」

特定の相手にだけ発情するという性。だとしたら……。

「どうしたい？」

こちらの真意を探るような問いかけに早紗は浅く息を吸って答えた。

「もしそうなら……さっきも言ったように……従う……つもりです」

身体の疼きに耐えながら、早紗ははっきりとそう言った。

「どのようなものでも従うか？」

「ええ……前も言いました……受け入れると」

「では……私のためだけに存在する人間となっても……受け入れてくれるのか？」

「え……」

「ずっと感じているのだろう、私と出会ったときから甘い疼きのようなものを」

早紗はゴクリと息を飲んだ。

「きみから漂うこの甘い香り……。これは発情しているからだ。発情中のオメガは、アルファの性を持つ人間が近づくと、誰であろうとかまわず相手に性衝動を起こさせ、きみを犯したいという劣情を煽ってしまう」

「……」

セリムは説明を続けた。

彼が言うには、オメガ性は、今ではもうほとんどいなくなってしまったが、アルファは、自分がそうとは知らないまま、一定数、存在しているらしい。

グラナダ王は、呪いゆえ、オメガ以外に子孫をもうけることはできないが、他のアルファは、オメガ以外とも子孫を残せるようだ。

だが、一旦《いったん》、発情期のオメガと遭遇すると、相手が何者なのかわからないまま強烈な性衝動を感じ、オメガを犯してしまうこともあるらしい。

「じゃあ……犯されたオメガは……望まないまま妊娠してしまうことも」

「いや、基本的に、オメガはつがいの契約をした相手以外、子を作ることはできない。そしてつがいの契約をしたあとは、その相手以外の性欲をそそることはない」

ああ、それが父の言っていた運命の相手ということになるのか。

「では……誰か一人のアルファとつがいになったら」

「そのときは、満月の前後、数日間、きみはその相手の近くにいただけで発情し、セックスをしたくなってしまう。その代わり、それ以外のアルファを性的に誘うことはない」

「つがいの相手を持ったら……子供ができることもあるのですよね」

「……そうだ」

では、このひととつがいになったら……このひとの子を宿してしまうこともあるというわけか。

（……ぼくの……この身体に子供が……）

想像がつかない。子供を持つなんて考えたこともないのだから。

「あなたは……子供……欲しいのですか？」

「あきらめている。グラナダ王の子は、真実の愛を捧げるオメガしか宿すことはできない。それがグラナダ王国にかけられた魔法だからな」

早紗は目をみはった。

「では、あなたはやはりグラナダ王の」

「末裔といえば末裔になる。マルコスの説とは少し違っているが」

「グラナダ王は……オメガとしか子供を残せなくて……オメガのぼくは……つがいになったらあなたの子供をみごもってしまう可能性があるというわけですね……」

わけがわからず混乱していたが、頭よりも肉体の熱のほうが早紗を苦しめていた。どんどん身体の疼きが強くなっていく。

「オメガだから……この肉体があなたを……求めて……それとも誘っているのですか？」

「そう、オメガのしるし、発情の証《あかし》だ」

「これが……」

「さっきも言ったようにアルハンブラに咲く柘榴の花をもとにした抑制作用のある薬剤を呑むか、あるいはアルファ性の男と特定の関係を結び、性行為をするか。出なければ発情の熱に苦しみ、もがき、時には死んでしまう者もいたという」

「……っ」

そこまでの意味を持ってたいたとは――――。

「すまない。私と出会ったため、きみを発情させてしまった」

心底、すまなさそうに言われ、早紗は癖のない前髪の隙間からセリムを見あげた。

「では……もしもあなたと出会わなかったら……」

「少年のままの声を持った、麗しいカウンターテナーとして活躍できただろう。だが、発情のあとは、声がどうなるかわからない。肉体も」

この声が変わってしまうかもしれない？　カウンターテナーでなくなるかも。少年のままの声を生かそうと音楽の道を進んだ。でも、それを失う可能性が。

（……どうしよう……そうなったら）

立て続けにいろんなことを聞かされ、どれもこれも現実に思えなかった。身体の妙な疼きもあり、冷静に考えるゆとりがないせいというのもあるだろう。

ただそれでも心の奥のほうで、ホッとしている自分がいた。

「そう……そうなんですね」

ふっと早紗は苦笑いした。

「すまない、いきなり現実を突きつけて」

「どうして……謝るのですか」

「傷ついている気がして。突然、声が変わるかもしれないと聞かされたり、ふつうの男性とは違うと聞かされ、戸惑ったり、傷つかないわけがないだろう」

そんな気遣いをしてくれているのか。優しい人だと思った。

「ぼくを……心配してくれるのですか」

「当然だ。満月のたび、セックスをするか抑制剤を飲まなければ、性衝動に苦しむことになるんだぞ。しかもあの錠剤は数が限られている。つまり不本意なことを……しなければならないんだぞ」

「……あなたは不本意なんですか？」

「え……」

「アルファ……つまりあなたに抱かれないと……ぼくは…苦しむんですよね。あなたは……人助けとしてぼくを抱くのは……不本意ですか」

「まさか……」

何を言うんだと驚いたような顔でセリムが目を見ひらく。

「迷惑に……思ってないのですか？」

「どうして。きみのほうこそ……迷惑に思っていないか心配で。私は……言っただろう、きみのファンだと。きみを抱きしめたいし、できれば自分のものにしたい……ただ……それはきみの意思があってのことだと己を律して……」

狂おしそうに言われ、早紗の鼓動が大きく胸壁が脈打つ。

本当に？

ああ、どうしよう、心臓が爆発しそうになっている。ほおが熱い、ひざが震える。胸の奥がきゅんきゅんしてくる。

さっきまで感じていた全身の熱や疼きとは似て非なるものだ。もっとぎゅっと胸をしぼってくるような甘い痛みに身体の奥がじんわりと痺れたようになってくる。

この気持ちは何なのだろうか。全身からなにかがどっと解放されたがっているような、甘くて心地いい疼き。

「あの……セリムさま……ぼくは」

言いかけたそのとき、セリムが扉の外に視線を向けた。

「――――っ！」

足音……。続いて廊下から人の声がしてきた。他の出演者たちが控え室に戻ってきたようだ。

「悪いが、その熱を冷ますため、今から抱かせてもらうぞ」

抱かせてもらう。狂おしげに言われ、早紗はこくりとうなずいていた。

「……」

苦しさに息を喘《あえ》がせている早紗の前でセリムはすっと黒い虎に姿を変えた。

「え……っ」

心臓が止まりそうなほど驚いた。しかしそれを問う余裕はなかった。さらに身体の奥のほうが熱く疼いてきたからだ。

「さあ、私の背に乗って」

「ええっ」

「早く。見つかるぞ」

わけがわからない。けれど他に選ぶことはできなかった。早紗がその背に乗ると、彼はすっと窓の外に向かった。

「……っ」

驚いた。彼は天を飛ぶことができるのか。

虎の背にしがみつきながらも、早紗は眼下に広がる光景に目をみはっていた。

そのあまりの美しさに圧倒され、発情のことも自分が虎の背に座っている不思議さも意識から消えていた。

フラメンコの音楽があちこちから聞こえてくる。

それに洞窟から漏れる灯《あか》り。アラブ人たちの子孫が住んでいるアルバイシンに建つ教会がライトアップされてまばゆい。

目指しているのは、向かいの丘に建つアルハンブラ宮殿なのだろう。

純白の月が照らすアルハンブラ宮殿。なんという美しい風景だろう。夏の夜風がほおや首筋を撫で、
身体の熱をほのかにさらっていく。

はるか昔、自分はこうしてその壮麗な宮殿に存在していたような気がする。

そのせいか、どうしようもないほどのなつかしさがこみあげて胸が痛い。この黒い虎への慕わしさと同時に。

オメガというものがどういうものなのか、まだすべてを理解したわけではないけれど。

眼下には、雄大なスペインの大地が広がっている。

けれど夜なのでそれは見えない。その代わり、丘の傍を流れるダウロ川の波が街灯の明かりを反射してきらきらと輝いていた。

ひっそりとした小さな町の中央には、数百年前に建てられたという荘厳な王室礼拝堂とカテドラル。ライトアップされ、夜の町のなか、そこだけが光彩を放っているように見える。

町を取り囲んでいるのは豊かなグラナダの自然。

月明かりがはるかに見えるシエラネバタ山脈の輪郭をうっすらと浮かびあがらせ、そのシルエットがとても幻想的だ。

そうして気がつけば、黒い虎はアルハンブラ宮殿のパティオにゆったりと降りていった。


「――……ここ……」

美しい装飾の建物に四方を囲まれた中庭は、なつめ椰子《やし》やイチジク、柘榴などの豊かな果樹が群生している。

深夜の、誰もいない庭園を進んでいくと、虎はライオン中庭で足を止めた。

透明な水をきらきらときらめかせた円形の泉。それをとり囲むような十二頭の獅子の口からさらさらと水が流れている。

彼はその前までくると、早紗を背からおろし、すっと人間の姿に変わった。

まだ夢を見ているようだ。

早紗の手には彼の被毛をつかんでいたときの感触が残っている。それでも彼が人間の姿に戻り、少し現実に戻った気がした。

「ここ……深夜のアルハンブラ宮殿ですよね、いいんですか……入っても」

「大丈夫だ」

セリムは早紗の手首を掴むと、ライオンのある中庭から手前のひんやりとした通路をとおり、噎《む》せそうなほどの花に包まれた四角い泉のある宮殿へと連れていった。

そこのアーチ型の窓からは向かい側に立つ丘がよく見えた。

「……今朝、見た場所と……違う」

もちろん時間帯が違うので見え方が異なるのは当然だが、そうではなく、街灯もなければ洞窟の住居らしきものも見えない。

家の明かりもない。いや、明かりらしきものはあるけれど。

ただ……今、それを冷静に確かめる気力はなかった。

「まず……肉体の熱を冷まさなければ……互いに」

セリムは早紗の肩に手をかけた。

「あの……互いって」

「発情しているのはきみだけではない」

「あなたも？」

「ああ……気づかなかったのか」

「ええ。あの、もしかして……あなたも……決まった相手にしか発情しないのですか？」

「そうではないが……ただ……ずっときみを探していた。オメガがいると聞くと、きみかと思って訪ねて……でも違って……」

「そんなに？」

「きみが生まれる前から」

「ずっとずっと待っていた、きみが誕生するのを」

「え……っ」

驚いて目をみはる早紗をじっと見つめながら、セリムが早紗のほおに手を伸ばしてきた。

愛しそうに手のひらで顔を包まれる。その感触、手のひらから伝わる体温だけで、ずくっと身体の芯が熱くなった。

それと同時に甘い匂いがするのにも気づいていた。この身体が彼を求めているのをいやがおうでも自覚してしまう。

「たまらないな、その匂い。撒《ま》き散《ち》らしすぎだ……」

「え……あ……すみ……ません」

「この香り、それにこの皮膚の甘さ。それだけでも夢心地になる」

甘さという言葉を彼はドゥルセと言った。スペイン語ではお菓子、甘いという両方の意味を持った単語だ。

「……今夜の観客も……全員……夢心地にさせてしまって……」

「……っ」

「気づかなかったのか、きみの歌からも……異様なフェロモンが大量に漏れていたことに」

歌からも？　そんなことが？

「本当に……危険なオメガだ。アルファだけでなく、普通の人間まで狂わせてしまう。襲ってくれと言わんばかりだ、発情期のきみは」

「そんな……」

「つがいにすれば……発情中は……他者を巻きこまなくてすむが……」

衣装をたくしあげ、セリムが胸に手を滑らせてきた。

「説明している余裕はない。すまないが、先に……きみを愛したい」

セリムが首筋に顔を近づけてくる。皮膚の匂いを味わうかのように彼が息を吸いこむ。その息遣いが触れ、早紗は電流が奔《はし》ったようにピクッと震えた。

「ん……っ……っ」

この恥ずかしいほどの馥郁とした香り。はちみつを舐めたときに舌に絡みついてくる重くてとろっとした感触。それにも似た濃厚な、甘ったるい重みのある匂い。

これがオメガの発情。

オメガは運命の相手に会うまで成人しないと父が言っていたけれど……。

彼にすべてをゆだねたい。そう思いながらも、恥ずかしさと未知の世界への不安に、思わず早紗は身体をこわばらせていた。

ハッとして、セリムが動きを止める。

「あの錠剤ももうない。この世界では発情を抑えるにはセックスをするしかない。きみは私に対し、好意を持っていると思っていいのだな？」

突然の質問に、早紗はまつげを震わせた。

「え……ええ」

「だから肉体が反応していると信じていいな？」

「ぼくも信じます……運命の相手……と」

「それを運命のつがいというが、運命というのは、天に勝手に決められているのではなく、互いの魂が惹かれあう相手のことをいう。性衝動という本能ではなく、魂と魂がつがえる相手。それは好意というのだ」

好意なら感じている。どうしようもないほど。

そのせいかセリムの指が軽く乳首に触れただけで早紗の身体には奇妙な感覚と疼きが走ってしまって甘い気分になってしまう。

たまらず早紗は息を吐いた。

「いいな?」

早紗の顔をのぞきこみ、優しく問いかけてくる。

「本当はすぐにでも自分のものにしたかった」

「セリムさま……」

「昨夜も今朝も。だが、一晩待つことにした……。私のほうはずっときみを求めていた。だが、きみは違う。だからきみと心を通わせてからでないと……と」

ずっという意味がわからないけれど、見えない情熱のようなものを感じて胸が熱くなった。

「心が伴わない関係はダメだと思っていたのだ。欲望以外のもっと深いところで、きみとつながってからでないと」

わかっている。このひとはとても優しく気づかってくれている。早紗はセリムのほおに手を伸ばして、ほほえみかけた。

「大丈夫です……ぼくも……ぼくも……望んでいますから」

むしろ彼がそこまで心を配ってくれることに申しわけなさを感じるくらいだ。

「ありがとう」

静かに長椅子《ながいす》に押し倒され、横たわると、セリムがのしかかってきた。

「……ん……っ」

胸に触れていたセリムの手が乳首に触れる。

敏感な突起を冷たく硬質なものに押しつぶされるのを感じ、早紗の身体はこわばり、ぴくっと背筋が震えた。

「……っ！」

息を呑み、視線を落とす。

彼の中指に指輪があって、そこにはめこまれた宝石が乳首に触れたようだった。その指輪にはハムサ――ファティマの手がついている。

ハムサの中央にあるのは紅玉石だ。目の形のようにも見える。

指輪のついた彼の手に胸の粒を押しつぶされると、ぞくぞくとした甘い感覚が背筋を駆けぬけ、早紗はたまらなず声をあげた。

「あ……っん……く………ああっ……」

なぜなのかわからないけれど、乳首に刺激を与えられると、下半身のあたりまで痺れたようになってしまう。

とろとろ……と熱い雫が衣装の下の内腿《うちもも》を伝い落ちていく。

多分、性器の先から漏れた先走りだと思う。

けれどもしかすると、昨夜のように後ろからも蜜を漏らしているのかもしれない。オメガだから。

「はあ……ああっ……ああ」

本当なら、他人に乳首に触れられて、たまらなく恥ずかしいはずなのに、ちっとも嫌だとは思えなかった。

それどころかもっともっとと刺激を求めて熱っぽい息を吐きだしてしまっている。

ああ、これだと、身体が喜んでいるのがわかるのだ。

早紗の意識は初めてのことに戸惑っているのに、肉体は渇きを満たしてくれる水を求めるように、これが欲しかった、と告げてくる。

「うっ……く……ああっ……っ」

「ここが好きなのか。少し触れられただけで、発情の熱が止まらなくなっていくようだな。凄まじいフェロモンだ」

乳首にキスをしながら、セリムは甘い笑みを口元に刻んだ。

「……いや……あ……ああっ」

いつしかセリムの手が足の間をまさぐり、薄い布の向こうに秘められた後ろの窄まりに触れる。

「あ……っ」

ピクっと身体が跳ねそうになる。甘い痺れがまた広がっていく。

「こんなに濡れて……以前からこんなふうに？」

「いえ……昨日……あなたに会ってから初めて……後ろも前も……っ」

かすかな声で震えながら答えていたが、彼の指先が挿りこみ、思わず身体が硬直する。彼の指先を咥《くわ》えた粘膜がぎゅっと硬く縮こまってしまう。

「熱っぽい愛液だ、とろみもある。ここでアルファを受け入れるため……きみの身体は自然とここが変化する」

セリムが指を動かすたび、くちゅくちゅっと濡れた音が響き、自分のそこがどれだけ濡れているの

か気づいて恥ずかしい。

「ん……っ……ふっ……」

他人の指が触れる心地よさに、女性のようにぐっしょりと濡れてしまっている。彼のものを受け入れるために。

そう思っただけでさらに恥ずかしくなってほおが火照ってきた。

それなのに、やんわりと指で内壁を刺激されると、じわじわと粘膜がほぐれ、なやましい収縮を始めている。

「やわらかくて……弾力があって……いじらしいな」

「そんなこと……」

恥ずかしいから言葉にしないでくださいと頼むだけの余裕もない。早紗は浅く息を喘がせながら、身体の奥に鮮明に感じる疼きに耐えようと全身をこわばらせていた。

「かなり狭いな……だが……これだけ蜜があれば……受け入れられるだろう」

「そう……ですか?」

「ただ……もう少し広げたほうがよさそうだ。そのほうがいいな?」

そのほうがいいのかどうかなんてわからない。だがさらに指で広げられ、ぐっと腹部から迫りあがってきた快感に身悶《みもだ》えてしまう。

弄《いじ》られているところにいきなり燃えるような熱さが広がってたまらない。

「ああ……あ……あぁああ……あぁっ　どうしよう、もうこのまま耐えられない」

どうしようもないほど身体が痙攣する。

「あう……あああっ！　……っ……ああっ……んっ……ああっ！」

初めて触れられるのに、心地いい。そこになにかが欲しかったのだというのがわかる。

自分が変化するのが怖い。気持ちいいけれど、怖い。

そんな複雑な気持ちに相変わらず全身をこわばらせている早紗の乳首を、セリムが舌先でそっと舐めていく。

「ああ……そこは……く……っ……ん……」

乳首のまわりの皮膚を甘噛みされ、皮膚の奥がざわざわと騒がしくなる。彼の指を咥えた箇所からも、性器の先端からも、とめどなく蜜があふれてくる。

「気持ちいいのか？」

「ええ……もう…っ…」

肌が汗ばみ、身体の奥のほうが火照ってどうしようもない。

ずくっと下肢に熱がたまってくる。眉をよせ、早紗は息を殺し、自分の身体をのみこもうとする異様な感覚に必死に耐えようとした。

「さすが発情しているだけあって、ここがとても感じやすいようだな」

こんなこと、これまで想像もつかなかったのに、まるで今にも射精をしてしまいそうなほど早紗の身体は昂ぶっている。

「あ……あぁっ……っ」

逃れたい。この訳のわからない衝動が紡ぎだす快感から。

全身に熱が広がり、早紗の喉からは浅ましく淫蕩《いんとう》な声があふれている。まるでせがんでいるような声を出しているのが自分でも恥ずかしかったが、どうすることもできない。

「あ……あ……ああっ」

もうだめだ。このまま一気に吐き出してしまう。

「ああ……っ……やっ………っああ、ああっ、ん……っ怖い……っ……もう……っ……っ！」

心地よく内臓をまさぐられる感覚に信じられないほどの快感が全身を灼《や》く。初めての行為への驚きと自身の変化への恥ずかしさよりも、気持ち良さがまさっている。

セリムはそのまま早紗を横たわらせて、そのひざを大きくひらいた。

「あ……っ」

たっぷりと愛液に濡れたそこがひくついている。やわらかく弛緩《しかん》し、とろとろになった入り口の皮膚に硬い屹立《きつりつ》の切っ先が触れる。早紗は浅く息をついた。

「……ん……っ」

自然と身体がこわばる。

「誰にも渡したくない、私のものにする、いいな？」

誰にも渡したくない……その言葉だけで甘美な疼きが胸に広がり、はしたなくも感じやすくなった粘膜がもっと彼を欲しがってしまうのがわかった。

「あなたの好きに…いいえ、ぜひそうして……ください」

自分の意思で選ばなければと思った。彼は誰にも渡したくないと言っている。それに対して自分はどうしたいのか。

「ありがとう」

ホッとしたように囁き、セリムが早紗の身体を引きつける。

なにをされるのか、一瞬、怖くなってそこに視線をむけようとしたが、大きな身体が自分を覆いセリムの肩しか見えない。

「……っ」

ひざを抱えられたかと思うと、腰が浮いたように感じた次の瞬間、ずぷっと濡れた音を立てて秘肉を割られていく。

想像よりもずっと硬質で、ずっと大きい。それが入り口の襞《ひだ》を広げ、奥の粘膜を拡張し、ずるずると濡れた蜜に滑りながら、ゆっくりと入ってくる。

「ん……っく……」

セリムにしがみつき、早紗はとっさに息を殺した。

じんじんとした痛みを感じはするものの、こちらにとても気を使っている動きのせいか、さほど痛みはせず、それどころか何ともいえない心地よい熱が肌に広がっていくのを感じた。

「ああ……あっ、ああっ」

ぐちゅりとした水音が耳に響いて恥ずかしい。

セリムの屹立が身体の奥にすっぽりと侵入していく。じわじわと粘膜を広げながら、彼がそっと腰を動かす。かすかに擦られる感触が異様なほど気持ちいい。

「ああ……く……うっ……あぁっ」

深い奥まで届く圧迫感。はっきりとセリムが体内にいるのだということを実感する。

「ああ……あっ！」

「もう少し身体の力を抜いて。そう……さっき歌っていたときのように……自分を解放して」

解放——そうだ、解放したいと願ったのだ、ここにきて、自分のいろんな感情を。それと同じ。そんなふうにこのひとを求めよう。

「……っ」

ほんの少し身体の力を抜く。

するとそれが合図のように彼が腰を進めてきた。粘膜に摩擦熱が奔り、ぐっと勢いよく内壁を割かれ、早紗は大きく身をしならせた。

「ああっ、ああっ」

狭い内壁が埋めつくされていく。今にもはちきれそうな気がする。内側からじわじわとひらかれていく圧迫感に頭が真っ白になっていった。

「う……ああっ……あ……っ」

セリムの肉茎に深々と体内まで埋めこまれ、早紗の内壁は完全に彼を咥えこんでしまっていた。深い部分まで貫かれているのがはっきりとわかる。

すごい。こんなふうに人は人と愛しあうのか。

そう思うと、涙が流れ落ちてきた。嬉しくて、胸がいっぱいになって涙があふれでる。

「辛いのか？」

心配そうに問いかけてくるセリムの瞳が愛しい。唇が愛しい。

「いえ……嬉しくて」

息を喘がせながら呟いた早紗に、セリムが優しくほほえむ。

「よかった……」

ホッとしたように息を吐き、セリムが動きを加速させていく。

こすりあげられるたび火花が散ったように熱くなる粘膜も、突きあげられるたび熟れて痺れたようになる内臓も、なにもかもがもう自分の身体じゃないようだ。

「ああっ……っああっ……ああっ」

ぐいっと彼が腰を突くたび、重々しくも悩ましい振動が内臓に加わり、そのあまりの熱さ、心地よさに心も身体も満たされていく。

新しい生き物に生まれ変わっていくような不思議な錯覚に囚われながら、早紗の肉体は絶頂へと登り詰めていく。

「ああっ、あっ、ああっ……ああっ……——！」

やがてひときわ動きが激しくなった次の瞬間、脳が痺れたようになる。体内でセリムが弾けるのがわかった。

「……っ」

ひくっと彼の肉塊が体内で脈打ち、なまあたたかなものが放出されていく。

自分の性器も射精していた。とろとろの白濁が己の腹部を濡らしている。すべてが生まれて初めての経験だった。


「はあっ……はあ……はあ……っ」

何という熱さだろう。粘膜の内側に放射されたものが溶けていくのを感じる。身体の奥に伝わってくる。もしかすると、オメガはこうして孕《はら》むのだろうか。

そんなことをぼんやりと考えながら、恍惚《こうこつ》となって全身を震わせている早紗を、セリムが甘い眼差しで見下ろしていた。

優しい瞳、あたたかな腕。そのあたたかさだけで涙が出てきた。

「どうしたんだ」

「いえ……嬉しくて」

「どうして？」

「初めてなんです、誰かと肌を触れあわせるのが。身内ではないけれど、自分のアイデンティティにつながった人と……こんなふうになれて……なにもかもが嬉しくて」

ふわっとほほえんで言うと、セリムは静かに微笑した。

「かわいい、本気で好きになりそうだ」

早紗の肩を抱き寄せ、こめかみにキスをしてきた。

もしかすると自分はこれをずっと求めていたのではないか。そんな気がするようなキスに胸が熱くなった。

「これから……どうする？」

「え……」

「私のつがいになるか？」

「つがい……」

「生涯のパートナーということだ」

「まだ……なってないのですか？」

問いかけると、セリムが薄く笑う。

「ああ、まだ儀式をしていないから」

「どうしたら……なれますか？」

「きみの首筋を噛んだら……きみは永遠に私にしか発情しない身体になる」

「父が言っていた運命の相手っていうことですか？」

「ああ、ただし、いつでもきみが嫌なときに解消できる。だが、つがいにすれば、きみは他のアルファを引き寄せることはなくなる」

「引き寄せたら？」

セリムは少し痛ましそうに返事をした。

「セックスの対象にされてしまう」

「それは……嫌です……」

「私も嫌だ。だから私のものにしたい……きみをつがいにしたいんだ」

熱っぽく言ってくるセリムの額がほんのりと汗で濡れている。きっと自分もそう。心地よい倦怠感《けんたいかん》に包まれている。

「結婚……みたいなものですか」

「そうだな」

「つがいになったら……あなたの子供ができるんですか？」

その問いかけに、セリムは少し視線を落とした。

「わからない」

「でもオメガは……子供を……」

「子供は……つがいになった者同士が真に愛しあったとき……」

「では……やっぱり結婚みたいなものでは」

「そうだな。まずは……私の妻になってくれ。愛によって結ばれたとき、きみは私の子を宿す。そうすれば、呪いの連鎖から解放されるかもしれない」

「……っ」

呪いの連鎖――――？

「グラナダの魔法のことですか？」

「そうだ、私のこの時間を止めて欲しい、私への愛によって」

「……っ」

呪いとは？　時間を止める意味は？　不思議な気持ちで早紗が小首をかしげると、セリムは首を左右に振り、そっとくちづけしてきた。

「何百年も待った、急《せ》くのはやめよう。もう二度と失いたくない。だから一から始めよう。つがいとして」

何百年？

彼の言葉の意味はわからない。でもこの運命に従おうと思っていた。なにがあっても驚かない。なにがあっても受け止めよう。

この街に来てからの不思議なことすべて――彼が虎の化身であること、自分がオメガという性の持ち主であること、それから子供ができるかもしれないことも含めて。

4　奴隷市

ひんやりとした夜の大気が静かな庭園を通り抜けていく。

セリムに連れられ、ライオンの泉から渡り廊下や通路、階段を抜けた先にある、大きなプールのような泉のある空間へと出た。

「ここで愛を誓いたい」

宮殿の中央にあるパルタル庭園。

美しい噴水や水路、それから巨大な池のような泉があり、睡蓮《すいれん》が浮かんでいた。まわりを囲んだ建物の壁にはブーゲンビレアの真紅の花が絡みついている。

月明かりが映りこんだ長方形の泉の前に立つ。赤茶けた建物とともに、緑の生垣や赤い花がくっきりと水面に映りこんでいる。

ふたりでそこに立つと、水面に映るセリムの姿だけが黒い虎になっていた。

「私のつがいとして、このハーレムの住民になってくれるか？」

早紗の手をとり、セリムが問いかけてくる。青白い月の光に照らされた目の前の彼は、美しい人間の男性なのに、なぜか泉に映る彼は黒い虎だ。

「この泉は魂の水鏡と言われていて、虎王の子孫は虎の姿として映る。私の真のつがいになると、きみも虎の姿で映る」

「ぼくも……虎になるんですね」

びっくりして問いかける早紗の声が水面——魂の水鏡に反響する。セリムは少し憂鬱《ゆううつ》そうなまなざしで視線を水面に落とした。

「本当の私のつがいになったとき……つまりきみに子供ができたとき……おそらく」

「……おそらく？」

「私はまだ見たことがないのだ。言い伝えでは、ここに虎王と妻と子供の三人が虎として映しだされたことは一度もないらしい。虎王は、誰からも愛されないのかもしれない」

セリムは静かに微笑した。

「それがグラナダの魔法だ」

「……っ」

「ファティマの手と、天国の鍵とが出会ったとき、グラナダの魔法が解けると言われている伝説……その話は説明したな？」

「は、はい」

「はるか昔、この大地はイスラムの統治者――カリフのものだった。だが少しずつカトリックの国々の勢力に圧倒されてしまった。このグラナダ王国は、ヨーロッパに残った唯一の我々の国。ここを守るため、王はこのアルハンブラの地の守り神だった虎の化身と婚姻し、グラナダの王は虎の血をひく虎王となったのだ」

「婚姻？」

　早紗は突然の言葉に小首をかしげた。

「かつて海の都として栄えたヴェネツィアは、元首が海に指輪を落として婚姻したとも言われている。それと同じだ。ここでの平和な暮らし、王国の存続のため、この大地の守り神に忠誠を誓ったのだ。ここを世界一の楽園にする、その代わり、虎の力が欲しい。誰よりも強く雄々しい力を。その力で我々の王国を敵から守りたいと」

　セリムは言葉を続けた。

「そのとき、忠誠の印として作ったのが『正義の門』だ」

「あの門ですね」

「そう、我々の護符——ファティマの手と、この土地を楽園として守ってくれる鍵。その結びつきによって、この世界は守られるはずだった」

その言葉……。

「ダメだったのですか」

「だから滅びたのだ。この城があまりにも楽園すぎた。だから神はここに呪いをかけたのかもしれないな」

その言葉が重く早紗の心に響いた。

どこかで聞いたことがある。その言葉……知っている。

「ここを守るため、虎王は決してこの地を離れてはならないという魔法が呪いとなってかけられてしまった。だから虎王は特定のオメガを愛してはいけない。大勢のオメガのつがいとなり、ハーレムを作り、ただただオメガとの間に子孫を作るだけ」

「……大勢のオメガって……虎王は何人ものオメガをつがいにできるのですか」

「ああ、オメガは、たったひとりの相手としかつがい契約を結べない。だが、アルファは何人ものオメガを妻にすることができる」

ハーレムを作るということはそういうことか。

「なぜなら、虎王の妻となったオメガは、虎王の子を産むとき、たいてい命を落としてしまうのだ。グラナダの呪いによって」

早紗は驚きに目をみはった。

「どうして」

「真実の愛がないからだ」

「ないって……一体、どんなオメガがハーレムにいたのですか」

「敵からの送られた者や虎王のつがいになって身分を得ようとする者、実家の地位をあげようとする者、誰も虎王に真実の愛を捧《ささ》げるものはいなかった。真実の愛がなければ、子供ができても、妻か、子供のどちらかを消さなければならない。それがこの楽園を守るための呪いだった」

セリムは説明を加えた。

なぜ妻の愛がなければ死んでしまうのか。

それは、妻の愛がなければ、この宮殿を守れなかったからだ。

妻が敵のスパイだったとき、子が誕生してしまうと、その子を利用して敵国がこの宮殿に入り込んでくるだろう。そうなれば、この国の平和は失われてしまう。

妻に身分を得たいという野心があれば、他の妻の子を殺して自分の子の地位を守ろうとする。そうなれば優秀な王子が命を失い、この国を正しい王が継げなくなる。

妻が実家の地位をあげようとする者だった場合は、敵国のスパイだったときと同じ。妻の実家が子供を利用してこの宮殿に入り込む。内乱のもとになる。

誰かの思惑や、誰かに利用されず、無欲で、自分にも野心がないオメガ——そのオメガの真実の愛。

それがなければ、虎王は、妻か子のどちらかを手にかけなければならない。

だがもし虎王が妻を愛してしまったら、妻も子も手にかけることができなくなる。だから虎王は誰も愛してはいけないと言われていた。

この国を守りたければ、愛は必要ない。しかし妻からの真実の愛は必要。

(何て……切ない運命だろう)

胸が痛くなり、早紗は涙ぐんでいた。

この美しい城を守るために流されてきた血の多さ、人々の切なさに心が軋んで仕方ない。

「すまない、怖がらせて」

早紗の涙を勘違いしたのか、セリムは安心させるように言ってきた。

「今はもう呪いなどない。かつてそうであっただけだ。虎王が守りたかった世界は消えた。王国は消えたのだから」

そうだ、もう存在しない。そう思っただけで、なぜこんなにも涙が出てくるのか。胸が詰まって涙が止まらない。

はっきりと彼から断言されたわけではないけれど、

「……私のつがいになるのが怖くなったのか?」

「いえ……違います。これはただ哀しくて……胸が痛んで」

首を左右に振り、早紗は涙を拭った。

「哀しい……?」

「人を愛してはいけないなんて。だからハーレムを作っていたなんて」

このひとが好きだ。だから……。

「どうかぼくをつがいにしてください。あなたと家族になりたい」

祈りにも似た気持ちがこみあげてきていた。


さっと風が吹くたび、美しい満月が水面で揺れる。細長い椅子に座っている後ろからセリムに抱きしめられ、首筋を噛まれた。

水鏡には、虎に後ろから抱きしめられている自分が映っている。

「……これできみは私のつがいだ」

首筋を噛まれても、早紗の外見には何の変化もない。

けれど身体の疼きがそれまでと違っているのを感じた。

いてもたってもいられないような、激しい衝動ではなく、とても穏やかでしっとりとした愛しさに心も身体も満たされている。

そうして想いを誓いあうキスをして、それからどのくらいセリムと身体をつないでいただろう。

「……早紗……早紗……」

彼に名前を呼ばれるだけで幸せな気持ちになる。

「きみが愛しい、ずっとずっときみを探していた」

愛しいと言われ、首筋にキスされると、背筋がぞくぞくしてくる。

そうしてそこで一度、結ばれたあと、黒と緑と白の幾何学模様のタイルで飾られた部屋に移動した。ふわふわとした絨毯の上で寝そべってふたりで過ごす。薄暗い一室に、アラベスク模様の格子窓から外の明かりが入ってくる。

ふっとセリムの顔に光がかかると、彼の目元がとても綺麗な切れ長で、眼差しが思っている以上に涼しげだと気づく。

「セリムさま……」

彼とつがいの儀式をして、こうして何度も身体をつないでいると、これまで見てきた光景がすべて自分たちふたりの過去だったことがわかる。

「あなたは……グラナダ王の末裔ではなく……グラナダ王国が滅びたときの……最後の王さまだった方ですね」

「そうだ。それからずっと今日まで生きている。呪いによって。手に入れられなかった愛、失ったつがいを求めたまま」

彼の引き締まった体躯に格子窓の影が刻まれている。

じっと見つめていると、セリムが甘く微笑し、早紗の細い腰に腕を回して抱き起こしてくれた。

「きみが……愛しくて仕方ない」

その囁きは心地よい音楽のようだ。

早紗はまぶたを閉じ、息を浅く喘がせた。わずかな緊張感と甘い夢心地に肌が粟立《あわだ》つ。

最後のグラナダ王。ずっと愛を求めて生きてきた。

失ったつがいを求めて――。前世の自分は、このひとのつがいだったのだ。でもどうして彼は失ってしまったのか。

「早紗……私の可愛いオメガ」

ほおにかかった早紗の髪をかきあげ、セリムが耳の付け根に唇を押し当ててくる。

さらに強く抱きしめられると、皮膚と皮膚がこすれ、彼の胸肌に圧迫された乳首がぷっくりと尖《とが》るのを感じた。

今は深いことを考えられない。そう思った。

過去にふたりになにがあったのですか。

あなただけがどうして何百年も生きているのですか。

あなたはどうしてぼくを失ったのですか？

前に愛した相手に裏切られたと言っていたけれど、それは前世のぼくなのですか？

どうしてぼくはあなたを裏切ったのですか？

裏切った相手なのに、あなたはぼくをさがし続けたのですか？

（知りたい、過去のふたりのことを）

こみあげてくる想いが募るにつれ、彼を求める早紗の身体の疼きが激しくなっていく。

「ん……っ……」

そのあとは彼をまたいで、下から侵入してくるものに埋め尽くされる快感を知った。

首筋をセリムの舌が這《は》うと、それだけで甘い吐息が漏れる。

早紗の内部は心地よく彼を締めつけていた。

「ん……っ」

そうして何時間か過ぎた。

本当に自分はこの愛しいひとを裏切ったのだろうか。五百年以上もさまよってきたと言っているけれど、それがグラナダの呪いなのだろうか。

アルハンブラ宮殿を守ることが呪いの条件なのに、城がなくなっても、このひとが呪いを背負い続けている理由は？

心のなかで問いながらも横たわっている。

心地よい風が吹き抜けるのを感じ、気がつくとライオンの泉水の隣で、ふわふわとした虎になった彼に抱きしめられるようにして丸くなって眠っていた。

大きな虎にすっぽりと身体ごと包まれている。

たまらなく愛しい。こみあげてくる想い。

その耳の裏にキスしたい。首のところのもふもふにほおをすりよせてみたい。早紗は、そっと隣で眠っている虎に手を伸ばしてみた。

ふわふわとした被毛をしている。

この感触……愛しさに胸が切なくなってしまう。

たくさんの毛が密集したやわらかなあごの下に額をくっつけると、ふっと目を覚まし、虎の姿のままセリムが早紗の身体を抱きしめる。

虎が愛しそうに早紗にほおずりしてくる。

耳を寄せると、うっすらとゴロゴロという喉の音が聞こえてきた。あの完璧なまでに美しい人が虎になっただけで、こんなに愛らしくなるとは。

「……っ」

あまりに可愛らしくて、早紗はぎゅっと虎にしがみつき、さらにそのもふもふしたあごの下に、今度はほおをすり寄せた。

するとまたゴロゴロという喉の音が振動となって伝わってくる。何なのだろう、この幸せなぬくもりは……。

「セリムさま、大好きです」

思わず彼のもふっとした首の裏の被毛を撫でていく。

「……っ」

くすぐったいのか困ったように、それでいて少し照れたような仕草をする姿にさらに胸が熱くなってくる。

愛しさと同時に、不思議ななつかしさがこみあげてくる。

虎になった彼に抱きしめられていると、少しずつ昔のことがよみがえってくる。

これまで見てきた光景――あれは自分の前世だ。

あの絵のなかに描かれていたのも自分。

ライオンの中庭で見た幻影も自分。

かつてグラナダ最後の王だったセリムさまのハーレム——つまりこの場所で、こんなふうに過ごしていた気がする。

（そうだ……ぼくは……奴隷市場に売りに出されていた……オメガだった）

まだすべてをはっきりと思い出したわけではない。

けれど少しずつ甦ってきた。

そのなかでいくつかわかることはある。なにもかもがなつかしい。どの場所にも既視感がある。かつて自分はグラナダにいて、セリムさまと愛しあっていた。

『ずっときみを探していた』

あの言葉……。彼はずっと探していてくれたのだろうか。

そうしてウトウトとしていると、陽射しが移動して肌が痛くなってきた。

目を開けると、太陽が建物の向こうから中庭に光を落としている。

何時くらいなのだろう。きらきらと水が煌めいている。

教会の鐘や鳥の鳴き声、馬の嘶《いなな》くような声が聞こえてきたかと思うと、どこからともなくアザーンの音があたりに反響した。

アザーン——一日五回行なわれる礼拝への呼びかけ。そしてコーランの朗唱が始まる。

アッラーフ・アクバル、アシュハド・アン・ラー・イラーハ・イッラッラ……何という美しい声の響きだろう。

グラナダに、今もまだムスリムの寺院があっただろか。

スペイン・ポルトガルを含むイベリア半島は、かつてその領土の九割ほどをイスラム帝国に支配されていた。

しかしイザベル女王に征服されたあと、イスラム、ユダヤ教徒たちは強制的に改宗させられたり、追放されたりしたと歴史書に書かれていた。

今、モスクのようなものはなかったはずだが、アザーンが聞こえてくるということは、まだどこかにあるのだろうか。

かつてグラナダ王国の首都であり、華やかな宮殿だった場所。

「気がついたか」

もう一度、うとうとしている間にセリムは虎の姿から、いつしか人間に戻っていた。聞きたいことがたくさんある。知りたいことがいくつもある。

「ぼくは……あなたのハーレムの奴隷だったのですね」

「……前世の記憶があるのか？」

問われ、早紗は口をつぐんだ。

あるのか、ないのか。よくわからない。あるような気もするし、ただの夢のような気もする。

でも確かに、幼いときからずっと見ていた夢の世界と同じ。

今、こうしているのも夢のような気がしてくるが、そうではないのか、もうわからなくなってきていた。

なにもかもスペインで過ごす日々が夢のなかの出来事のようにしか思えない。もしかして自分はとても濃密な夢のなかにいるのではないかという気がしていた。

「私のつがいとして、ここで暮らしていくことはできるか？」

後ろから近づき、セリムが早紗の肩にガウンをかける。

「……ここで……？　でもここは……」

「ここはアルハンブラであって、アルハンブラではない。グラナダ郊外に私が造ったまったく同じ空間だ。昔のグラナダと似た場所を選んで造った」

「そう……だったのですか」

だから窓からの風景が違って見えたのか。

「ここで一緒に暮らしてほしい。私のハーレムの住人として。妻として、きみとここで暮らし、家族を作りたい」

「それは……」

「元の生活に戻りたければ、いつでも戻れるようにしよう。つがいを解消すればいいだけだ」

早紗を抱きしめ、耳元で囁く。

「……すべてを捨てることはできないのか？」

セリムが淋しげに問いかけてきたとき、ふっと彼のむこうになにか別の世界が透けて見えた。

真実の愛を求めていたセリム。

心底、この人を好きだけど、まだそれが彼が言っていた呪いを解くほどの気持ちなのかどうか……

自分でもよくわからない。

たまらなく、この人が好きではあるけれど。

「真実の愛というものが……ぼくにはまだわからないんです。……捨てるほどのすべてがあるわけではないですが、後悔はしたくないのでもう少し時間を。あなたと家族を作りたい、あなたと暮らしたいという気持ちはあります」

本心だった。このひとの呪いや魔法。それを解くには真実の愛が必要だと言われても自分にそこまでの愛があるか……自信がなくて怖いのだ。

かつて裏切った者がいたと彼が言っていた。それが自分なのかどうなのか。前世のことをなにも知らないまま、このひとを愛するのが怖いのだ。

「私を愛せそうにないのか」

「愛しています。だけど、わからないんです、あなたに必要な愛というものがどのくらいのものなのか。真実の愛というものがどのレベルのものなのか」

早紗は正直に自分の気持ちを口にした。

中途半端なことを言いたくない。少しでも不安を抱えたままで進みたくない。

「どういう気持ちを愛というのか。どういう感情を真実の愛というのか。具体的にその言葉がなにを指しているのかがわからないんです。ぼくはあなたを愛しく思っています。でもそれが真実の愛というものと同等のレベルかどうか……これを愛といっていいのかさえもわからないんです」

そうだ、わからない。だからはっきりとイエスと言えないのだ。

真実の愛を貫くということのなかには、このひとのためにすべてを捨てることも含まれている気がしてならない。

そこに一点の曇りや打算も混じったりしない。

きわめて純度の高い「愛」というものが必要なのだ。

頭のなかで理屈としてはわかる。けれどどの程度のものが、どの程度の感情がそれを指すのかが早紗にはわからないのだ。

「あなたは前世のぼくを知っている。ぼくとの思い出の延長線上に今のあなたがいる。でもぼくは断片的なことしか知りません。だから怖いんです」

「過去を知らないままのほうが幸せなこともあるぞ」

「でもつがいだったのですよね。過去があるから今のぼくたちがいる。それなら、ぼくも過去を知りたい。その上であなたを愛したい」

きっぱりと言う早紗に、セリムは肩を落として苦笑した。

「きみは昔と同じだな。儚そうに見えて、実はしなやかでたくましい精神の持ち主だ。私はそんなきみの強さ、優しさが大好きだった。今もそうだ、本質はまったく同じ」

「セリムさま……」

「それでは、どうだろう、やり直してみるか、もう一度、少しの間だけ過去の人生を」

「過去？」

「今の記憶を持ったまま、十五世紀の自分に」

「そんなことができるのですか」

「ふたりが出会った日からなら」

そんなことができるのだろうか。でももしそれができたら、セリムさまを心から愛せるはず。

それに自分がずっと疑問に思ってきたいろんなことも解明できるかも。もしかすると、母の手がかりもつかめるかもしれない。

「見てみたいです、過去の世界を」

早紗の言葉にセリムが少し目を細める。

「なにが起きるかわからないぞ」

「でも知りたいです」

それでこのひとの呪いというものが解けるなら。それでこのひとがさまよわなくてもいいのなら。

そして知りたい。愛するということの意味を。真実の愛というものを。

「きみが強くそう願うなら、月の力によってきみは過去の時間を経験することができる。その上で、私との運命をどう受け止めるか。これから先、どうしたいのか、きみが決めてくれ」

「ぼくは前世の自分として過ごすのですか？」

「そうだ、前世のきみの肉体に、今のきみの魂が入りこみ、ふたりが出会った時間をやり直す。きみの現世の記憶はそのままだ。ただし、私は昔の私のままだが」

「あなたは前世には戻れないのですか」

「……そのことはあとで説明しよう。ややこしくなる」

「では、ぼくだけ今の記憶を持ったまま、ふたりが出会った日に行くということですか」

「そうだ。そこにいる間、現代のことはひとことも口にしてはならない」

「つまり……ただ見て、経験するだけ」

「きみの意思でなにをしてもかまわない。私を拒否したければしてもいい」

「……わかりました」

「では、私ときみの運命の始まりを見てきてくれ」

セリムの手をとった瞬間、意識が遠ざかっていく。過去の時間、過去のふたりの出会いの始まりだった。

†

十五世紀のグラナダ――――。

「サシャ、サシャ、ぼんやりするな！　もうすぐおまえの番だぞ」

その声にハッとして目をひらくと、早紗は噴水のある大きな広場の奴隷市のような場所につながれていた。

暑い。見あげると、ジリジリと灼けつくような太陽が降り注いでいる。同い年くらいの少年たちが十数人集められているが、早紗の隣には強面《こわもて》の男性が佇《たたず》んでいた。

「サシャ、わかってるな、自分の役目を」

「え……」

「女王陛下との約束を忘れるな。父親の命がかかっているんだ。いいな」

どういうことなのか。なにを言われているのか、今、自分がどういう状況なのかわからない。

前世を経験するためにセリムの手をとったところまでは記憶している。

本当に前世にきたのだろうか？

「これからオメガの奴隷市だ。子供が欲しいアルファが集まっている。おまえは、アルハンブラ宮殿の後宮の宰相が買うことになっている。父親の命を助けたければ、女王陛下との約束を忘れるな」

「あの……女王陛下との約束って」

「今さら忘れたとは言わせないぞ。寵姫《ちょうき》となり、グラナダ王を暗殺する約束だろう。おまえにどれだけ金貨を払ったと思うんだ」

「……っ」

暗殺。突然の言葉に、早紗は顔をこわばらせた。

もしかして自分はスパイだったのか？　女王というのは、イザベル女王なのだろう。グラナダ王とはセリムさま？

早々に知ったすごい事実に早紗は呆然とした。

「ぼくの父親は？」

「おまえの父親なら、病院に入院中だろう。よかったな、これで父親を助けることができる」

「ぼくは……父を助けるため……後宮に？」

「シッ。まわりに聞こえる。今さら嫌だと言わせないぞ」

「あ、はい」

父親を助けるため、自分はなにを約束したのか。

まわりに気遣いながら、それとわからないよう、早紗は男にいろんなことを尋ねた。

彼は奴隷商人で、あちこちから集めたオメガを競売にかけるのを仕事にしているらしい。

どうやら前世の自分はグラナダのオメガ専用の孤児院で育っていたところ、十歳のときに街の料理人の養子になり、そこで店を手伝いながら暮らしていた。父親はパエリア作りを得意としていて、サシャは歌がうまくて、街でも評判だったらしい。

(今世と同じだ。パエリア職人の子として育った歌が好きなオメガ)

広場の中央には大勢の人だかりができ、仮設ステージのようなテントに連れていかれ、順番にオメガたちが競売にかけられていく。

(……っ)

早紗の今の世界では基本的にオメガというものは存在しない。いたとしても、早紗のように自覚のないまま育ったりしているようだが、この時代は……。

ドラマや映画で見るハーレムものの、奴隷市の競売さながらの光景だった。いや、まさにそれと同じだろう。

違うのは、一見、男性に見えながらも、オメガという特殊な性の持ち主ばかりが集められている——というだけだ。

「さあ、世界中から集めた美しいオメガだ。まずは最高級のオメガを五人」

数人のオメガが壇上に並べられる。首輪をつけ、手を前で縛られ、裸のまま。

「この五人は高額だ。コーラン、詩の朗読、語学、歴史、ダンス……すべて身につけている。もちろん幼少期から閨の技術をたたき込まれてきた。処女ではあるが、後ろを使って快感を得られるまでは開発されている。肉体的にも健康で、最低でも四人、最高で十人の出産は可能だろう。今夜からでも、どんな相手でも、完璧に楽しませることができる」

閨《ねや》の技術？　早紗は顔をこわばらせた。

後宮もののドラマかなにかで、皇帝や身分の高い相手に献上される奴隷は、すでに閨の技術を教育されているというのを見たことがあるが。

「そこの、ちょっとふっくらとした、右端の金髪の子を売ってくれ。新任の将軍に献上する。愛人として楽しめそうなオメガが必要なんだ」

「俺は真ん中を。多産系のオメガだ。大量に子を産める。グラナダ王のハーレムに連れていく」

次々とオメガたちが競売にかけられていく。

オメガたちの表情には、恐怖も不安もない。むしろ堂々と、艶やかな笑みを浮かべ、自分たちを選んでほしいと言わんばかりに振る舞っている。

「さあ、おまえたちは次の順番だ」

早紗を含めた数人がテントの横に連れていかれる。

「あっ」

そのとき、早紗の前の前にいた金髪の少年が石畳につまづき、膝から転んでしまう。思いきり転んでとても痛そうにしているのに、誰も見向きもしない。

「あの、きみ、これでひざの血を」

早紗はとっさに自分の腰のサッシュベルトをとり、少年の前にひざを落とした。

「触るなっ」

少年はさっと早紗の手を払った。とても警戒されているのか、嫌われているのかわからないけれど剝《む》き出しの敵意のようなものを感じて驚いた。

「でも、きみ、怪我を」

「おまえの世話など必要ない。何の教育も受けていない最下層のオメガのくせに、気やすくぼくに触ろうとするな」

「え……教育って」

「閨の技術も知らないし、旦那さまにお仕えする礼儀も学んでいないんだろ、おまえ。そのへんの食べ物屋から連れて来られたと聞いたぞ」

「それって……ダメなことなの？」

きょとんとした尋ねた早紗に、別の少年が可笑《おか》しそうに笑いながら言う。

「当たり前じゃないか。ここにいるのは、全員、選びに選ばれたオメガだぞ」

「そうなんだ、それはすごいね。あ、でもそんなことと彼の怪我は関係ないだろ。早く血を止めないと。綺麗なひざがだいなしだよ」

にっこりと微笑し、早紗は彼のひざの血をぬぐった。幸いにもたいしたことはなかったようだ。

「血は止まったけど、砂利があるね。早く綺麗にしたほうが」

破傷風になったら困る。そう思い、早紗はあたりを見まわした。するとすぐ後ろに噴水があることに気づいた。よかった、つながれていたとしてもロープの届く位置だ。

しかし布を水で濡らしていると、そこにいた奴隷商人の部下に勢いよく腕を掴まれ、背中をムチでビシッと叩かれた。背中に燃えるような痛みを感じた。

「く……っ！」

「なにをしている、こいつ、勝手に逃げる気か」

「あ、いえ……ちょっと水を」

「嘘をつくな。さあ、こっちへ来い」

思いきり腕を引っ張られ、元の場所に戻される。早紗は痛みをこらえながら、金髪の少年の前にもう一度、ひざをつくと、その足の傷をぬぐい直した。

「さあ、次はおまえだ」

ぐいっとロープを引っ張られ、衣服を脱がされる。両手を縛られ、首輪のついたロープだけの姿にされてしまう。

「……っ」

ステージに立たされ、早紗は息を呑んだ。ものすごいたくさんの好奇の目で見られている。奴隷市というよりは、見世物とでもいうのか。

「なかなか綺麗なオメガだな。乳首が張っていて、腰も締まりがあっていい」

「みずみずしい肌艶もいい。絹のようだ」

「あの唇と乳首の形……すごい、淫乱なオメガになるぞ」

次々と耳に飛びこんでくる言葉に背筋がゾッとする。

現代では多少浮いてはいるものの、オメガというものがどういうものか知られていないのもあり、早紗が誰かからこのような目にあったことは一度もない。

「平民に育てられた無教養なオメガだ。閨の技術はない。オメガとしての教育も受けていない。だが、歌と料理が得意という特殊な特技もある。さあ、歌ってみろ」

「え……」

「歌ってみろ」

歌？　ここで？

ここでなにを歌えばいいのか。どうしよう、なにを歌えばいいのか。

顔を引きつらせていたそのとき、ふっと楽器の音が聞こえてきた。ギターに似ている、ウードだ。

そしてこの曲は――「アルハンブラの思い出」……。

見れば、ステージのかげに、薄汚れたマントを頭からすっぽりとかぶった男性がウードを演奏している。

この時代の人間が演奏しているということは、この時代にもこの曲があったということなのだろうか？

それなら歌える。この十五世紀にいるサシャの肉体がどのような歌の技術を持っているのかはわからないけれど。

「……」

早紗はその音に合わせ、思い切って声を出してみた。

――――っ！

すごい、驚いた。こっちの世界のサシャのほうがずっと声がよく出る。喉の筋肉、腹筋が鍛えられているのだろう。

ああ、こんなふうに歌いたかったという、高音がとても綺麗に響いていく。

そのとき、ふっと身体の奥が疼くのを感じた。発情期の熱のようなもの。甘く、狂おしく。このウードの伴奏の音のせいか、自分の声のせいか。

あのマントの人物は誰なのか。そこから強烈なエネルギーのような、なにか信じられない熱のようなものを感じるのだが。

歌い終わったそのとき、群衆の前にひとりのアラブ服姿の男性が現れる。

「その奴隷は、俺が買う。後宮にちょうどいい。金貨はこれだけある」

さっきの男が言っていた宰相だろうか。髭をたくわえた四十くらいの男性が現れた。

しかしそのとき、ウードを手にしていた男がすっと立ちあがる。

「待て、私の歌手にする」

ふわっと男がマントをとった瞬間、早紗は息を飲んだ。が、それ以上にその場が騒然とする。

そこにいたのはセリムだった。

「セリム王子……」

「王国のセリムさまだ」

ざわざわとした周りからの声に、まだセリムが王ではなく、王子なのだと知る。

現代にいるときとまったく変わらない姿。頭に白いターバンを巻き、アラブ風の衣装を身につけていた。よく見れば、彼の周りには数人の護衛や側近のようなものがいる。

「宰相、悪いが、彼は私がもらう」

セリムの部下が奴隷商人に大量の金貨を渡す。

5　スイートハーレム

順番が終わったあと、早紗は奴隷商人にテントの裏に連れられていった。

「まさか別の人間に落札されるとはな」

奴隷商人が苦笑いする。

「もう……何もしなくてもいいんですよね、ぼくは」

「ああ、おまえの処遇はセリム王子が決めるだろう。父親の入院費の何倍もの金貨で落札されたわけだからな。宰相の命なんてもう聞かなくてもいいぞ」

よかった、これで父の入院費のことは気にしなくても済む。ハーレムでスパイのようなことをしなくてもいいのだ。

早紗は心の底から安堵していた。

「王子、サシャを連れてきましたよ」

奴隷商人に声をかけられ、早紗をいちべつしたあと、セリムは側近らしき人物なにか耳打ちし、広場をあとにした。

「こっちにこい。セリムさまの歌手としてアルハンブラに連れていく」

側近のような男が早紗のロープをほどき、肩に手をかける。

「あの……セリムさまは王子なのですか？」

「ああ、彼はこの国の王弟殿下だ。王に子供がいないのもあって第一王位継承者の地位についておられる」

早紗はアルハンブラ宮殿に着くと、宮殿内の使用人用の宿舎に連れていかれた。

「こいつはオメガだが、ハーレムではなく、歌手としてセリム王子が買いとられた。お召しがあるまで、ここで使用人として働かせろということだ」

よくわからないが、従うしかない。

「おまえ、昼間はここで仕事を。歌手として宴に呼ばれるまで、夜は練習でもしてろとのことだ」

セリムさま、会えた。歌手として買ってくれた。

そこで使用人たちの仕事を手伝いながら、早紗はこの国のことについて尋ねた。

現在、グラナダ王国は、セリムの兄のムハンマドが支配していて、五歳年下のセリムは王太子という地位にいる。兄のハーレムには大勢のオメガがいるが、子供ができる様子はない。

「グラナダ王は虎王の子孫。虎王はオメガとしか子はなせない。それもあって、カトリックの国はオメガ狩りに精を出している。よかったな、ここに来られて。年に一度のあの奴隷市に出られるだけでも幸せなんだぞ」

グラナダ王に子孫を残させないため、敵国はオメガ狩りをしている。だからオメガの数は一気に減ってしまったということか。

早紗は歌以外に料理が得意だということで、厨房の下働きを命じられた。

「ぼく、料理人の息子だったので、パエリア作りなら得意です」

「ああ、パエリアね」

アラブの食事だと聞いていたが、宮殿でもパエリアを作っているようで。作り方はあまり変わらないようだった。

「牛肉を使ったものを作るんだ。じゃあ、おまえは火加減の調節とハーブを頼む」

「はい」

ローリエを入れ、火を調節しながら米を柔らかくしていく。かまどで焼くなんて初めてなのでわくわくしてきた。

厨房いっぱいにローリエの心地よい香りが広がり、空腹が刺激されていく。

「おい、新米、今日からおまえが毒味係だ」

「えっ、食べていいんですか?」

「あ、ああ」

早紗は喜んでパエリアを口にした。

おいしい。大丈夫だ。ここの時代の食材でも、十分に自分の好きな味が出せる。しかもかまどで焼いているので、焦げ目がずっと香ばしい。

「大丈夫です、とてもおいしくできています」

「じゃあ、食卓に運ぼう」

宮殿内には、他に毒味係がいるらしいが、早紗はここでパエリア作りの担当になり、できあがったものを最初に毒味する仕事を与えられた。

仕事のあと、早紗は自由に歩いていいと言われた庭園の隅にむかった。あちこちに松明《たいまつ》が灯《とも》されていて、夜でも仄明《ほのあか》るい。

セリムさまが歌手として呼んでくれるまでもっと歌えるようにしておこう。

そう思い、「アルハンブラの思い出」の練習を始めた。

使用人は厨房の近くと、専用の宿舎と、庭園の一部にしか行くことはできないが、糸杉の木々や天人花、ブーゲンビレアの花は今と変わらない。

月も同じ。ただ空気が綺麗なのか、よりあざやかに見える。そのせいか星の量が違う。こんなにもたくさんの星が空で瞬いていたのか、怖いくらいだ。

ゆったりと歌を歌い終えると、ふっと後ろで砂利を踏む音が聞こえた。

集中していたのでまったく気配に気づかなかった。

「気に入った」

現れたのは、豪奢な衣装を身につけた大きな男だった。

「あなたは……」

「グラナダ王のムハンマドだ。宰相から、とてつもなく綺麗なオメガを歌手としてセリムが連れてきたと言っていたが」

そうだ、父の入院費のため、宰相からは王の寵姫になれと言われていたが。

「歌手などもったいない。発情の甘い匂いがする。おまえを俺の寵姫にする」

「待って」

「綺麗な肌をしている。見事だ。絹織物のようではないか」

ムハンマドが腰から短剣を抜き、その刃先で早紗の胸を辿《たど》っていく。ビリッと衣服が破られたかと思うと、剣の先が乳首に触れ、恐怖に身体がこわばる。

「あの……っ……」

ムハンマドは手首をくるりと返すと、ぎゅぅっと早紗の乳首を剣の柄で押し潰してきた。背筋を駆けぬけた奇妙な感覚に息を呑む。

「いい匂いだ。いい身体をしている。この乳首……子供ができたら、ここから甘い蜜が出てくるそうだが、おまえにならば期待できそうだ」

「……甘い蜜？」

「子を孕むと、オメガの乳から甘い蜜が出るという。極上の甘露で、欲望をそそる媚薬のようなものらしい。子への栄養にはならずつがいになったアルファを喜ばせるだけのもののようだが」

ぐいっ乳首を硬質な柄でつつかれ、毛織物の房が乳暈をふわっと撫でて腰のあたりが疼き始める。

ジン……と身体の奥が疼き、鼓動が激しく脈打つ。

「……や……め……っ」

とっさに身体をよじった反動で、刃物の刃先がムハンマドの手首をかすめた。

「痛っ……！　こいつ、王の身体に傷をつけるとは。処刑するぞ」

「え……」

「まあ、その前に犯すのも悪くないが」

「兄上、お待ちください」

そのとき、庭園に低い声が響いた。

セリムの声だった。ハッと見ると、ムハンマドの背後にいた彼が半月刀を兄の首筋に突きつけている。

「セリム……弟の分際で逆らうとはどういうことだ」

半月刀を向けられたまま、ムハンマドが険しい声でいう。

「……私の歌手なのでご容赦を」

「ダメだ、気に入った。俺のハーレムに入れるつもりだ」

「あいにく私が手をつけてしまいましたので」

「何だと……おまえが？　だがオメガの匂いが」

「すみません、手をつけてしまいました。まだつがいにはしていませんが、もう処女ではありませんので、兄上のハーレムには入れません」

「チッ、つまらん。甘い匂いがするから期待したが」

「お怪我のお詫《わ》びはいずれまた。これから湯浴《ゆあ》みを手伝わせますので」

セリムは剣を腰に戻すと、早紗の手をとり、宮殿の奥へとむかった。

「あの……」

「だまってついてこい」

どこに行くのだろう。

早紗はセリムの横顔を見上げた。

さらりとした長めの黒髪、少し翳《かげ》りのある怜悧《れいり》な風貌。でも今よりはちょっとだけ若いような気もする。

ただ、いろんな人種の血が混ざりあったような、ミステリアスな雰囲気は今とまったく同じ。

セリムが静かに歩いていくとその場だけがきらめくような感じも。

そのせいか、見ているだけで切なさに胸がいっぱいになる。

「なにを見ている」

彼が視線に気づく。優雅さと濃艶な大人の男の色香も同じ。王族らしい圧倒的な空気感も。

けれど瞳からの空気が違うことに気づいた。この氷のような眼差しの冷たさは何なのか。無感情で、ひどく冷めている。これは早紗の知っているセリムとは違う。

「すみません……何でもありません」

「なら、気やすく見るな」

「すみません、ありがとうございますと言いたくて」

「気にするな。私はただきみの歌が聴きたかっただけだ。そっと聴くつもりだったが、兄があのようなことをしていたので」

「あ、はい、あの……ぼくを……閨へお呼びくださるのですか」

「いや」

「では……ぼくは本当に歌手としてだけの役割なんですか」

「夜伽《よとぎ》をしたいというのか」

「……必要ないのですか」

「さあ」

それ以上、セリムはなにも返してこなかった。ただをじっと早紗を見るだけで、口をひらこうとしない。

沈黙が続き、早紗は浅く息をついた。

自分の呼吸の音しか聞こえない静寂に、一瞬、不安をおぼえた。

よく見れば、水に虎の姿が映っている。蠟燭《ろうそく》の焰《ほのお》が妖しく揺らめく。背の高い糸杉、棕櫚《しゅろ》の木々が現代よりも密生している気がする。

「あの……」

「夕食の途中だった。そこにいろ」

セリムは水辺にある椅子に座った。

テーブルに置かれているのは早紗の作ったパエリアだった。

「やはりやめておこう」

「どうして」

「毒味のあと、きみの歌が気になってここを離れてしまった。その間に誰かが毒を入れていたとしてもわからない」

せっかくのパエリアなのに。毒味をしたら食べてくれるだろうか。

「じゃあ、ぼくが試しにいただきますね」

早紗は皿をとり、パクパクと食べはじめた。セリムがぎょっと驚いた顔で早紗を見る。

我れながら、いい味だ。すっかり冷えてしまったが、それでもたまらなくおいしい。

「大丈夫です、毒は入っていません」

しかし次の瞬間、セリムにパンっと顔をはたかれる。

「な……」

「死ぬぞ」

「……でも大丈夫でしたよ」

早紗は笑顔を向けた。

「運が良かっただけだ。私の食べ物に毒が入っていないことのほうが少ないというのに」

「ええっ」

「それをそんなに無防備に食べて」

「あ、でもそれなら大丈夫です。自分の作ったものですから、ちょっとでも変な味をしていたら飲み込んだりしません」

「自分で？」

「これ、ぼくが作ったんです。この肉汁の染みたコメが美味しくて……といっても、もう半分以上、ぼくが食べてしまいましたが」

肩をすくめて笑う早紗をセリムはいぶかしげに見つめた。

「幸せそうな顔をして」

「はい、パエリアがおいしくて幸せですから」

「なるほど、これは人を幸せにする味なのか」

セリムはパエリアを一口口元に運んだ
「どうですか」

「確かに……幸せな気持ちになるな」

「良かった、じゃあ、これから毎日ぼくが毒見しますよ」

「毒見はいい。きみが作ってくれ」

「わかりました。いくらでも作ります。これ、本当においしいですよね」

早紗の言葉にセリムはふっと笑う。しばらくじっと早紗を見たあと、彼の手が肩に伸びてくる。

「沐浴《もくよく》を手伝ってくれるか」

「他に使用人は？」

「私はひとりが好きだ。だが、きみならいい。ついてこい」

うながされ、早紗は奥の沐浴場にむかった。

繊細な模様のアーチが幾重にも連なったむこうにあるのは、映画かなにかで見たことがあるような、アラビア風の大浴場だった。

柱に備えつけられた松明の明かりが浴槽に張られた湯の表面を照らしている。ゆらゆらとした波がとても綺麗だ。

楽園のような世界が広がっている。

一歩、なかに入っただけで、濃厚な花の匂いに酔いそうになる。浴槽に散らされた無数の花からの芳香らしい。

大きなホール全体を浴槽にしたような、大理石でできた広々とした空間。その上をさらさらと湯が流れ、肌に絡みついてきそうなほどの濃厚な湯気が立ちこめていた。

「世話を頼む」

繊細なタイルで飾られた椅子の前まで行くと、セリムは裸身のままゆったりとそこにうつ伏せになった。

「あの……お背中を流せばいいのですね」

引き締まった綺麗な彫刻のような身体をしている。見ているだけでドキドキしてきた。じかに触れると緊張でどうにかなってしまいそうだ。

「セリムさま……虎王の子孫でしたよね。あの、もしよかったら……虎になってくれませんか」

「は？」

「虎のシャンプーのほうが楽しい気がして」

「虎のシャンプーだと？　何なのだ、シャンプーと言うものは」

わけがわからないといった感じで、眉間にしわを刻み、セリムが振り向く。

「ですから、サボンですよ。そこにあるマルセイユ石鹸《せっけん》をたくさん泡立てて、虎の毛をじゃぶじゃぶ洗ってみたいんです」

「人間の私では、不満なのか」

「いえ、そういうわけでは」

違う。ちょっと恥ずかしくて。この人を欲しいと思ってしまって。

「え……」

「……オメガだからな。確かに虎になったほうが抑制できるかもしれない」

「いや、虎のまま襲ってしまいそうだ。困るだろう、いきなり虎との性行為は」

「想像がつきません」

「っ……ダメだな、どれほど理性的にしても」

小さく息をつき、セリムが困ったように呟く。

「それならどうか抱いてください」

早紗が言うと、振り向き、セリムがなやましい眼差しで見上げる。

「きみを愛することはできないぞ」

「じゃあ、どうして買ったんですか」

早紗は切なげに見つめた。

「歌が聞きたかっただけだ」

「え……っ」

「父親の入院のため、身を売った歌のうまいオメガがいると聞いた。きみの母親のミーチャも同じように歌がうまかったが」

「ぼくの母って、あの……母……を……知っているのですか」

「父のハーレムにいた寵姫の一人だ。東欧の顔立ちをし、歌の得意な美しいオメガだった」

「ではぼくの父親は……ここの……」

「いや、きみの父親は、グラナダ王国の人間ではない。イザベル女王の部下だ。きみの母親をスパイとしてハーレムに送りこんだスペイン王国の騎士だよ」

「では……ぼくの両親はどこにいるのですか」

「わからない。父が亡くなったあと、別の部下に下賜《かし》される予定だったが、不倫していた相手との子供ができたので、生まれたばかりのきみを乳児院に預け、行方をくらました。生きているのか死んでいるのかもわからない」

「……あなたはどうしてそのことを」

「ミーチャは……もともとは私の母の召使いだった。母は早くに亡くなったが、母の女官たちがそうした話を教えてくれたよ」

「では……両親とはもう会えないのですね」

「会いたかったのか?」

「いえ……ぼくの親は、パエリア職人の父だけですから」

この時代、育ててくれたという父親がどんな人物なのかわからない。だが入院費のため、スパイになることを引き受けようとするくらいだ。きっとこの時代のサシャも、育ててくれた父親のことを大切に思っていたのだろう。

「きみの母親――ミーチャのことはよく知らないが、歌声は何となく覚えている。幼いとき、後宮でよく歌っていた。きみと同じ透き通るような声をしていたよ」

「もしかして……ぼくは母の身代わりですか?」

「まさか。歌声しか記憶がないのに」

セリムは苦笑した。

「女官の調べで、きみがミーチャの子供だというのはわかっていたが……それは関係ない。しかも似ているのは声だけだ。きみの歌い方は、ミーチャよりもずっといい。優しくて、甘くて夢心地にさせてくれる」

真顔で言われ、早紗は思わず息を止めた。

「……そんな言い方をされると……あなたを好きになってしまいそうです」

セリムが視線をずらす。

「勝手にすればいい」

とても冷たい言い方だ。もしかして、自分はうぬぼれていたのだろうか。彼があまりにも優しく、思いやりを持って接してくれるから。

「ぼくは……夜伽の相手としては……満足していただけないと」

「いや、夜伽だけの相手でいいなら、きみで十分だ」

「それならどうして」

「だが、愛することはできない」

セリムは早紗から視線をずらしたまま言葉を続けた。

「私は決めている。この国の王子として生まれた以上、誰も愛さない。誰とも子を作らない」

「どうして」

「兄に子供ができ、その子の立太子が行われるとき、私の命は消える運命だ。この国の掟として。私に子ができていたなら、その子も殺されるだろう。それがこの国の決まりだ。だから子は作らない、愛もいらない」

「……後継者争いをなくすためですか」

「そうだ」

早紗は全身を震わせた。そういえば、ほんの一時期だが、オスマントルコ帝国のハーレムではそのような風習があったと聞いたことがある。

「あなたが王になったとしても愛は必要ないのですか?」

「そのときは、私にグラナダの呪いがかかる。いや、もう虎に変身でき、王太子という立場にある以上、私の身に呪いはかかっているわけだが」

グラナダの呪い――――現世のセリムから聞いたことだ。

「それ、あれですよね。『正義の門』に刻まれたファティマの手と鍵にまつわる伝説」

「伝説ではない、本当のことだ」

セリムはきっぱりと言った。

「グラナダ王は……虎王。決してこの城から出てはならない。この城を永遠の楽園にし続けなければならない」

同じだ。未来のセリムから聞いたことと。

「そして虎王の子はオメガしか生《な》せないんですよね。でも、そこに一点の曇りもあってはならない。真実の愛を貫いたオメガでなければ、妻か子のどちらかが命を失う」

「そこまで知っているのか」

セリムは苦笑した。

「え、ええ。で、そのとき、妻を失った場合、虎王の後継者はその子になるのですか？」

「その子がアルファだった場合……」

「では……その子が虎の血を引いていなかったときは」

「普通に暮らしていける。虎王にならなくていいのだからな」

「反対に、妻だけが生き残ることもあるのですか？」

「それは滅多にない。腹のなかにいるときに、子が死なないかぎりは。子を誕生させるとき、妻はそのまま命を失う運命だ」

つまり真実の愛がなければ、結局、妻は死んでしまうということか。

「私は、誰の血も流したくない。だから妻はいらない。子ができたら大変なことになる」

「あなたは怖いのですか？」

「怖い？」

「だって……真実の愛など最初からないと決めつけているじゃないですか。ぼくがあなたにそれを捧げるとは思わないのですか？」

そう訊きながらも、そう告げられなかった現世での自分を後悔した。彼から問われたとき、どうしてすぐに「はい」と言わなかったのだろう。

過去を知りたいなどと言って。

「……ここはもういいから、きみは父親の元に戻るんだ。これを持って」

セリムが首につけていた宝石を早紗に手わたす。ズシッとした重み。エメラルドやルビーやら、すごい宝石だ。見ただけでわかる。

「困ります……いただけません」

「病気の治療代だ。ふたりで違う街でパエリアの店をひらくこともできるだろう。きみはもうここから出て行きなさい」

「お気持ちは嬉しいですが……必要ないなら、どうしてこの宮殿に連れてきたのですか。わざわざ買い取ってまで」

「それは……」

セリムは早紗に背を向けたまま、少しだけ口ごもった。歌を気に入ったから、と言う答えが返ってくる気がしていたが、セリムからは予想外の言葉が出た。

「バカだからだ」

「え……バカ……」

「そうだ、きみがあまりにもバカだったから。歌よりもなによりも本当はそれが気になって仕方なかった。そう正直に言えば気がすむのか」

半身を起こし、セリムはじっと恨めしげに早紗を見た。松明の火が彼の横顔を照らしている。さっきよりもずっと優しい目をしていた。

「あんなバカを見たのは初めてだ。他人のためにあんなことをするバカを……」

セリムは早紗の肩に手をまわし、そっと手で背中をさすってきた。奴隷市で鞭打たれた場所だった。今もまだ少しだけヒリヒリとしている。

「あなたは……あれを」

じっと見つめると、セリムはふっと口元をゆるめた。

「ああ。怪我をした金髪の少年のために……きみがしていたことの一部始終を」

「そうだったのですか。でもバカだからではありません。あれは彼が心配で」

「だからバカだと言っているのだ。あまりにもバカすぎて……愚かすぎて……。あんなつまらない性格の金髪のオメガに優しくしなくてもいいのに。あんなやつの怪我など放っておけばいいのに。おかげで自分がひどい目にあっているのに、笑顔で傷の手当てをしているとは」

それはつまり……。

「本当に何て愚かなやつなのか。母親とは真逆だと、きみを見ているうちにどんどん腹が立ってきて……つい金貨を。結局、放っておけなかったのだ。本当はウードで伴奏などする気もなかったし、連れてくるつもりもなかった」

「セリムさま……」

早紗は苦い笑みを浮かべた。

「その上、厨房でだってそうだった。料理長から毒味を頼まれ、平然と食べていた。あれは料理長の仕事なのに。ここでもそうだ、私のために毒味をしたりして。なにもかもきみの振る舞いがバカすぎて……見ていられなかった」

彼の言葉に胸が熱くなった。このひとは何て優しいのだろう。見守ってくれていたのか。ただの奴隷相手に、そんなにも心をくだいてくれるなんて。王子なのに。第一王位継承者なのに。普通はそんなことを気にしたりもしない立場なのに。

「ぼくよりもずっとあなたのほうがバカですよ」――そう言いたかったけれどやめた。

その代わり、自分を誇らしく思った。このひとのことを愛している自分、それからバカだと思われた自分を。

「嬉しいです。そのお気持ちだけで十分です。ですからどうかおそばに」

「ダメだ、危険なのに。なによりもきみに何の保証もできないんだぞ。私が殺されたら、寵姫も殺される。きみが殺されてしまうのだ。今、ここを出て行けば、それはない。だから」

「いやです。いつ殺されるかわからないような……そんな環境にあなたをひとりで置いていけません」

早紗はきっぱりと答えていた。

「愛されなくてもいいです。子供ができたら、ひとりであなたの前から消えます。できたことも告げません。だから……どうか」

どうしてこんなことを言っているのだろうか。ここにいる自分は何者なのか混乱している。現世の記憶を持ったまま前世にきたはずなのに、なにが何だかわからなくなっている。

現世のことも未来も忘れ、ただ生まれたときからここにいるサシャというひとりの奴隷としてセリムを一から愛している気がした。

「きみは……私から……愛されなくてもいいのか」

「はい。ぼくがあなたを愛していれば、それでいいです」

そもそもここでの自分は奴隷なのだから。しかもオメガの。

「だからあなたのつがいにしてください。でないとまた襲われます、別のアルファに」

「それは嫌だ、他のアルファになど譲りたくない」

セリムはとっさに早紗の身体をひき寄せた。彼の膝の上に座りこむような形で狂おしげに抱きしめられ、早紗は同じようにその背に腕をまわした。

「ぼくも嫌です。ですから」

「まいったな」

困ったようにため息をつくと、セリムは早紗の身体の向きを変え、後ろからはがいじめにしてうなじに唇を近づけてきた。

「……っ」

首の付け根にかすかな痛みが走る。そこを噛まれたのだ。ああ、彼のつがいになったのだという実感に胸が震える。

「……きみは……今日から私の寵姫だ」

そのまま彼が首筋にキスをしてくる。胸元を弄られ、乳首に指先が触れると、それだけで下肢が熱くなってきた。ゆっくりと腹部から足の間に降りてきた彼の手が早紗の性器を包みこむ。

もう前も後ろもぐっしょりと濡れている。

ああ、前を可愛がられたい。後ろを埋められたい。たまらない衝動と甘い疼きを感じながら、その夜から、早紗はセリムの寵姫となったのだ。


それからまもなくして、セリムは王になった。

宰相の放った刺客に、ムハンマドが暗殺されたからだ。セリムが暗殺したという噂が流れたが、彼がそんなことをしていないのは早紗にはわかっていた。

「これから私のハーレムにたくさんオメガが送りこまれてくる。だが誰も褥《しとね》には呼ばない。サシャ、おまえ以外と夜伽をする気はないから」

彼がそう言ったとおり、王のハーレムには新しいオメガが次々と現れたが、セリムは早紗以外を寝床に呼ぶことはなかった。

「セリムさま、他のオメガも相手にしてください。虎王には子孫が必要です」

側近から何度そう言われても、セリムは早紗以外と褥をともにすることはなかった。

「ここは私と愛妻だけのスイートハーレムだ」

スイートハーレム。何て素敵な言葉の響きだろう。少し恥ずかしいけれど、優雅な国王が真剣な顔でそんなことを口にするのが愛らしくてたまらなかった。

このままここでずっと暮らしてもいい。

このままここで彼の寵姫として暮らして、子供を作るのもいい。きっと幸せになれる。あの日さえこなければ。

（でも……あの日はやってくる。確実に）

そう、あと二ヶ月ほどで西暦一四九二年になろうとしている。

歴史的にアルハンブラ宮殿があけ渡されるのは、一月二日。年が明けたらすぐだ。

今はもう秋だ。太陽はまだ夏のようにまばゆく、空も青々としているのだが、もうすぐ一気に冬になるだろう。

セリムに未来のことは言えない。

けれど未来を変えることはできないだろうか。もしも変えてしまったら、どうなるのか。

「サシャ……」

名前を呼ばれ、ハッと目を覚ますと、虎になったセリムの腕のなかで眠っていた。

一瞬、今、どちらの時代なのかと思ったが、十五世紀のようだった。

「どうしたんだ、最近、深刻な顔をしていることが多いが」

人間に戻り、セリムが心配そうに顔をのぞきこんでくる。

「そうですか？」

「私が国王になって多忙になったから寂しいのか？」

「まさか。こうして毎夜、呼んでくださるだけでぼくは幸せです」

笑顔で言うと、セリムは愛しそうに早紗の肩を抱き寄せ、ほおにキスをしてきた。

愛している——と、彼が言うことはない。最初に宣言したとおりに。けれど、その言動、眼差し、空気のすべてから深い愛を感じる。

「とってもいいですね、最近のセリムさまって」

「え……」

「以前よりもたくさん笑ってくれます。昔のセリムさまはとても……淋しそうで」

「きみといると楽しいからな。綺麗な歌、おいしいパエリア。そして体温をわかちあえる喜び。いつも胸がいっぱいだ。だから笑える」

「パエリア、明日も作りますね」

「ああ」

「たくさん食べましょう」

「たくさんか。そうだな、初めて会った夜はあんまりきみが勢いよく、しかも大量に食べるから唖然としたぞ」

「それは……おいしくて」

「ああ、本当にきみのパエリアはおいしい」

セリムが早紗のほおに手を伸ばして、艶やかな眼差しで見つめてくる。

「……あなたが喜んでくれるから、作るのが楽しいです」

そう言うと、セリムが口づけしてきた。

彼がハーレムにいる間は、寝ても覚めても、こんなふうに過ごしている。近い将来の不安さえなければ。アルハンブラ宮殿が落城することさえなければ。もう永遠にこのままでもいいのに。


「――サシャさま、本当にただおひとりだけ寵愛されていて羨《うらや》ましい限りです」

「本当にどうやったらセリムさまに愛されるのか教えて欲しいです」

パエリアを作っていると、他のオメガたちが声をかけてきた。

厨房には誰も入れないことにしている。いつも危険が身近にあることに気づく。

「すみませんが、ぼく、ひとりで作りたいので」

食材のなかにたまに毒が入れられていることもあるし、竈《かま》の下に毒ヘビやサソリがいることもある。

贈り物として届けられたお菓子にガラスが入っているのは日常茶飯事だ。

それもあり、セリムはサシャの作ったパエリアと、自分か早紗が皮をむいた果実しか食べない。そこには誰も毒を入れることができないからだ。

(もう半年にもなるのに……それでも子供ができない)

せめて後継者をこの身に宿したら、少しは変わるだろうか。そんなことを思いながら、早紗は以前にセリムが虎の姿に見えた水鏡の前に立った。

しかし子供はできていないようだ。

虎王の子ができたら、自然と早紗の姿も変化してここに映ると聞いていた。

自分の気持ちは真実の愛ではないのか。

発情期もそうでないときも、毎夜毎夜、彼の夜伽をするのは早紗だけ。

「きみを守りたい。だから王として強くなる」

セリムはそう言って、王になったとたん、政治力を発揮することになった。けれど彼の積極的な政治の場への介入を好まない大臣たちも多い。

王はハーレムで子作りに専念していればいいのに。

そんな意識の持ち主が多いのだ。

ああ、どうしたらいいのだろう。このままだともう間もなくグラナダは滅びてしまう。刻一刻と近づいている。

そんなことを考えながら、パエリアを入れた鍋を手に水鏡の前に立っていると、通りかかった宦官《かんがん》が声をかけてきた。

「――サシャさま、お子はできましたか？」

最初に早紗に国王暗殺の依頼をしてきた宰相とは違う。最近、後宮の世話役の一人になった若い宦官だった。

「答える必要はありません」

「パエリアですか。おいしそうですね。そういえば、父上のお見舞いには？」

「ハーレムの住人は自由に外には出られませんので」

そう言って去ろうとしたとき、宦官が早紗に耳打ちしてきた。

「そうそう、あなたのお父上、最近、病状が悪化して、病院が変わったようですよ。街中にある慈善救済病院に」

慈善救済……ということは、カトリック系の病院。しかも女王管轄下の。

「またなにかあなたに連絡してくる者もいるでしょうね」

セリムに買われる前、早紗は育ての父のため、ムハンマドを殺すよう命じられる。今度はセリムを殺せと命じてくる者もいるだろう。

では前世の自分――サシャは彼をそうして裏切ったのか？

だから死んでしまったのか？

真実の愛をきちんと貫けなかったから。そしてそれゆえ、セリムは五百年もの時間を生きているのだろうか。

（わからない……ぼくは……ぼくはどうしたら）

セリムが生きているということは……殺していないと言うことだと思うけれど。

でも真実の愛がなければ、彼の子を生すことができない。


「――セリムを殺せ。そうすれば、この街に平和が訪れる」

その後、例の宦官からそんなことを言われた。

父のことで脅されているので、彼が敵だと迂闊《うかつ》にセリムに言えないのだが、いずれにしろ「その日」までに何とかしなければという焦りが募っていた。

もうすぐ歴史的な日がやってくる。

そのことを気に病んでいるせいか、このところ、いつも誰かに追われている夢を見る。

必死になって暗い路地に逃げこみ、大きな建物が崩れてくる。その瞬間、虎が現れ、早紗を連れ去っていくのだ。

「……っ……！」

のがれたくて必死に伸ばした手首を大きな手につかまれ、「サシャ」という耳もとに響いた声にふっと身体が軽くなったように感じて目を覚ます。

「どうしたんだ」

「あ……」

うなされていると、セリムが上から早紗の顔をのぞきこんでいる。

アルハンブラ宮殿の寝台だった。

窓から差しこんでくる月の光が端麗なセリムの顔を横から照らしだし、美しい瞳が早紗をとらえていた。

「父さんと呼んでいたが……」

「そんなことを？」

「父親には？」

「奴隷市の日にここにきてから一度も出たことはありませんので」

会ってみたい、前世の父に。

「では、会いに行こうか」

「えっ」

いきなり目の前で彼が虎になってしまう。

そのまま虎になった彼の背に乗せられ、アルハンブラ宮殿の外へと飛びだす。

月が雲に隠れていてあたりが暗い。早紗は必死に虎の背にしがみついた。

十五世紀、まだイザベル女王が治めていた時代のグラナダ。アラブ系の住民とカトリック系の住民の住む区域がくっきりと分かれている。

夜の街に行くと、セリムは人間の姿にもどった。

「あっちだ」

連れて行かれたのは、アラブ人街から少し先にある、広々とした庭園を持ったカトリックの修道院系の病院だった。

「支援したいのだが、カトリック系の病院なので私にはどうすることもできない。息子がオメガで、グラナダ王の寵姫だとわかると、お父上の立場もないだろう」

その通りだ。わかっている。でも彼の気持ちが嬉しい。

「きみのお父さんはここにいる」

早紗は窓の外からなかをのぞいた。

日本で育ててくれた父とは似ていなかったが、元気そうに綺麗な女性と話をしている。

「よかった、元気なのですね」

「ああ、最近、この病院で知り会った彼女と結婚するようだ」

「それはよかった」

幸せならそれでいい。ホッとした。

そのまま早紗はセリムとふたりで夜の街にくりだしていく。

夜のアラブ人街。満月の前日。

セリムはいつもと違い、お忍びなので黒いアラブ服を着ていた。

一方の早紗はアラビアンナイトのシェヘラザードのような衣装を身につけているため、誰もが女性と勘違いしているようにも見えた。

顔にはうっすらとしたベールを着けている。

ファティマの手の指輪やネックレスを作っている銀細工師の店。

パエリアでも使うような真鍮《しんちゅう》の鍋を造っている職人の工房。皮なめし職人の店。

にぎやかな露店が並んだ市場を抜けると、丘の上にアルハンブラ宮殿が見えた。

そうして歩いているときだった。

物陰からダッと走ってきた男性数人がセリムを取り囲んでいた。

黒いマントを頭からすっぽりと被っているが、その気配、剣の形からあきらかにカトリックの騎士たちだというのがわかった。

「グラナダの王……無防備にもほどがあるぞ」

「イザベル女王の刺客か」

剣を抜いた四人の騎士たちが四方から襲いかかってきた。

「サシャ、私の背に乗って、しっかり掴まれ」

すっと虎の姿に変わり、騎士たちがひるんだすきに、早紗はセリムの背に乗った。それを確認すると、セリムはふわっと近くにあった噴水に飛び乗り、さらにそこからアーチ型の門に、そしてそこから三階建て以上の建物の屋根へとのぼっていった。

「射ろっ！」

路地に騎士たちの声が響き渡り、次々と矢が放たれていく。

びゅんっ、びゅんっ、という鋭い音が夜の闇から聞こえてきたが、彼らの矢がセリムに命中することはなかった。

「セリムさま……」

屋根の上の煙突の脇に早紗を座らせると、セリムは人間の姿にもどった。

「ここにいろ。あの四人を倒してくる」

「待ってください、危険です、このまま虎になって逃げたほうが。あなたならそれができますよね。それなのに」

「きみにかっこいいところを見せたい」

「え……」

「というのもあるが、相手から内通者の情報を得たい。女王の刺客というのはわかっているが、私がここにいることを知ってる者は少ない」

「……っ」

「今、ハーレムで、私の不在を知る者は限られている。せいぜい三人だ。その誰かが内通者だろう。それを知りたい」

「でも……それはあなたがなさることではないのでは」

それにそれ以外にも彼の敵は多い。誰も信じられないのは彼もわかっている。

「心配するな」

「相手は四人ですよ。しかもあきらかにかなりの腕の騎士です」

「あのくらい私ひとりで十分だ」

ひとりで？　たったひとりで四人の騎士を？

「ここで待っていろ」

次の瞬間、セリムの姿が一瞬闇に溶ける。身につけていたアラブ服の裾が空気を孕み、猛禽《もうきん》の翼のように大きく広がるのを月明かりが照らしていた。

「……っ」

剣の音が響き渡る。すさまじい音が反響していた。あたりの民家の明かりがつき、それとなく様子を確かめ、鎧戸《よろいど》を閉ざしていくものがいる。

さすがに一人で大丈夫だと豪語するだけあり、セリムは次々と四人を倒していったようだ。

屋根の上にいる早紗からは、その様子ははっきりとわからなかったが、剣の音が消えたと同時に血の匂いが風に乗って運ばれてきた。

セリムに怪我はないのか。

心配になって屋根から身を乗りだした早紗のところに、虎の姿になったセリムが戻ってきた。

「セリムさま……無事でしたか」

「心配をかけた。三人のうち二人が内通者だった」

「そんなに……」

「全員でないだけよかった。さあ、背に」

うながされるまま、彼の背に乗ると、ふわっと虎はアルハンブラ宮殿に向かって空を飛んだ。

まるで鳥のように空を駆けぬけていく。

よかった、この様子だとセリムはどこも怪我をしていないようだ。

ほっと息をつくと、改めて夜の月の美しさに気づく。

神々しいほどの大きな月が真ん前に見える。クレーターまではっきりと見え、そのまわりに煌めく星々まで身近に感じられた。

遠くに見えるシェラネバタ山脈は、もうすぐ冬を迎えるのでうっすらと山頂に雪をまとっている。

スペインのアンダルシア地方に雪が降るのは何となく意外だ。

その山頂の雪を月が美しく照らしている。

そして遠くに見える王宮。

これでは「アラジン」の魔法の絨毯のようだ。

いつかいつか子供ができて、みんなでこんなふうに夜の空を飛べたらどれだけ素敵だろう。


そうして宮殿にもどったとき、ふわり…と馥郁とした匂いが早紗の鼻腔を撫でていった。

ああ、そういえば、明日から満月だ。

発情期がきてしまったらしい。身体の奥を刺激し、むず痒《がゆ》い感覚を誘発してくるような強い香気に、異様なほどの狂おしさを感じてしまう。

「甘い香りがしますね」

「……きみのほうが花より甘い。発情の匂いか」

ほほえみ、セリムが肩に手をかけてくる。

ふっと彼からたゆたう甘やかな香り。

それからセリムは天人花の花のパティオで早紗を抱いた。

かすかな息苦しさ。身体の奥の甘い疼き。黒とブルーの幾何学模様のタイルで飾られた中庭の壁が視界で揺れている。

求めあえば求めあうほどいっそうきつくなっていく天人花の甘い匂い。

全身の皮膚のすみずみにまつわりついてくるように感じた。

涼しい夜の風が木々や花をゆらすなか、パティオに置かれた長椅子の上でむかいあう形で抱きあっていた。

セリムの首筋にそっと舌を近づけると甘い花の匂いがした。するとセリムが早紗のほおに唇を押しつけてくる。

「きみからは柘榴の花の匂いがする。この王宮にだけ咲く花アマンテス・リリーの香りが」

セリムが首筋に唇を近づけ、甘噛みしてくる。そのまま狂おしげにまぶたや睫毛を食《は》まれ、皮膚がざわめいてどうしようもない。胸を這っていたセリムの指先に乳首をぎゅっとつままれると、心地よい快感にたまらず下肢がよじれた。

「あ……ああっ……ああっ」

背筋が痺れ、早紗の性器からは甘い蜜が滴り落ちていた。後ろからもだ。長椅子に押し倒され、上からのしかかられていく。吐息からもぬくもりを感じて陶然となってしまう。

「……あ……ああ」

くりかえされる執拗《しつよう》な愛撫が心地よくてどうしようもない。早紗は自分の首に顔をうずめるセリムの背をかきいだき、甘美な息を吐く。

「ん……っ」

うっすらとまぶたを開くと、泉に映っているセリムの姿は黒い虎になっていた。

黒い虎にのしかかられ、ハレムの女奴隷のような姿で乱れている自分。

足をひらいて、その背に腕をまわして。

上空からは白い月。ゆっくりと優しく体内に挿りこんでくる肉塊。発情中で、蜜でとろとろになっているそこが心地よく彼を呑みこんでいく。

「あぁ……っ……ん」

セリムの肩をつかむ指に力が入り、長椅子から落ちたつま先が繊細な模様を刻んだタイルの上をすべっていく。

「ん……ああっ」

人間の彼に抱かれているのに、泉のなかの自分は虎に抱かれている。

それがひどくいびつな快感と官能を早紗に与えてくれる。十五世紀のグラナダ王国。歴史的にはもう間も無く滅びてしまう。

(どうなるのだろう、そのあとは、果たしてどうなるのか)

そう思った次の瞬間、早紗は泉に映る光に気づいた。

「え……っ」

自分の腹部が光っている。泉のなかで。

黒い虎は彼だ。その横に白い虎がいて、さらにふたりの間に白い小さな虎がいる。

まさか……。

6　天国の鍵

「――――早紗、早紗……」

深い眠りから目覚め、ぼんやりとしていると、セリムが顔をのぞきこんでいた。

十五世紀かと思ったが、電子音のようなものが耳に入り、早紗はハッとした。

「今は現代ですか」

「そうだ」

現代……つまり現世。ここは前世ではない。

「あの……ぼくが見てきたのは……」

深い夢を見ていたような、そうではないような。

「どんな世界だった？」

「奴隷市であなたに助けられて……それから父の病院に行って……」

「指輪を渡したところまでは……見なかったのか」

「指輪？」

早紗が小首をかしげると、セリムは小さくを息をついた。

「では、まだ呪いは解けないわけか」

「呪いは真実の愛が必要なんですよね。ぼくは、真剣にあなたのことを愛していました。それなのに、まだ解けていないのですか？」

問いかけるとセリムは切なげに微笑した。

では、何も変わっていないということか。ただ自分は前世を見ただけ。

「……」

早紗は不思議な面持ちであたりを見まわした。

セリムがアルハンブラ宮殿を模して作ったというこの空間。寝台もなにもかも同じだ。それなのに、今、見てきたものとは違う。

窓の外からうっすらと飛行機の音は聞こえてくるし、車の音も聞こえなくもない。なによりも彼も自分もスマートフォンを持っている。

「やはり……過去は過去なんでね」

「そうかもしれないな」

「ぼくは……あのあと、妊娠しませんでしたか？」

セリムが眉をひそめる。さぐるような眼差しに険しさを感じ、口ごもる。

「……いえ……」

あの日、妊娠したように思ったのだが、違ったのだろうか。

「あのあと……ぼくはあなたを裏切ったのですか？」

「どうしてそんなことを訊く」

「だって……あなたがそう言っていたじゃないですか。愛する者に裏切られたと」

あの世界で彼は他の人間を愛したりはしていない。早紗だけを寵姫として大切にしていた。それなら裏切ったのは自分以外にいないではないか……。

「呪いが解けていない以上、きみも私も現実の世界にもどったほうがいい。夏休みが終わったら、バルセロナでの生活を再開させなさい」


呪いは解けない。現実は変わらない。セリムの時間は止まったまま。

そして現実は現代のバルセロナでの生活が早紗の日常だった。

九月になり、新学期が始まると、すぐに試験が行われた。

ここで暮らしていくなら、真剣に、もっと上を目指そうと気持ちを切りかえることにした。

早紗は留学生枠ではなく、正規の学生として受け入れてもらえないか、編入試験を受けた。

「早紗、試験、どうだった」

試験が終わったあと、マルコスが話しかけてくる。

「まあまあかな」

「週末、どうする、俺の家にまた遊びに行かないか」

誘われるのは嬉しいが、今日は早くセリムのところに帰らなければと早紗は焦っていた。

バルセロナから、彼の城のあるグラナダまでは遠い。

直行便は数便しかない。

金曜の夕方、飛行機に乗り、バルセロナからグラナダに向かい、月曜の朝の便で戻る約束だ。

空港から彼の城までは車で一時間ほど。

このままだと夕方の飛行機に乗り遅れてしまう。

ふだんはバルセロナの音楽院にある市内のアパルトマンで暮らしているが、今週末はグラナダ郊外にあるセリムのところへと向かう約束になっていた。

アルハンブラを模した彼の城だ。

「——ごめん、また今度」

早紗は駆け足で音楽院の外にむかった。

試験のあと、将来をどうするか、ちゃんと彼に自分の意思を伝えることになっていた。

早紗は二者択一に迫られていた。

セリムの呪いは解けないものとして、すっぱり彼との関係を断ち、音楽院に入って本格的なオペラ歌手を目指していくか。

呪いが解けるまで彼との関係を続けるために学校をやめるか。

精一杯、試験を受け、それからどうするか決めればいいとセリムから言われていた。

『運命のつがいだったのは、きみの前世でのことだ。同じ人生をくりかえすことはない。せっかく生まれ変わって、歌の才能に恵まれたのだ。二十一世紀の人間としてやれるだけやってみなさい』

そう言われてしまったのだ。

では別れたあと、発情したときはどうすればいいのかと問いかけたら、それを封印するための護符をくれると言っていた。

しかし編入試験を受け、改めてこうしていると、早紗は彼への自分の気持ちが止められないことに気づく。

（離れたくない……。大好きだ、本気で彼が好きだ……）

それなのに、会えなくなるなんて。もう会えなくなると考えただけで、胸が裂かれたような痛みを感じる。


バルセロナを飛び立った飛行機がグラナダについたとき、まだあたりは明るい夕日に包まれている時間だった。

「……もう夏も終わりか」

空港はそう広くない。外に出ると、黒塗りの車が待機していた。飛行機にあわせ、セリムが迎えの車をよこしてくれていた。

「試験はいかがでしたか」

彼の運転手のナスルは、最近知ったのだが、先祖代々セリムに仕えているらしい。宮殿と同じ名だ。彼の兄や親族がセリムの事業を手伝っているそうだ。

「合格のようです。どの程度の成績なのかはまだわかりませんが。カウンターテナーが少ないので、希少価値のように扱っていただけてます」

「それは良かったです」

車を発進させ、ナスルは駅から車で三十分ほどの場所にあるセリムの城へとむかった。

山際にはいかにもスペイン、いかにもアンダルシアといった純白の家が建ち並んでいる。

これ以上ないほど濃い紺碧《こんぺき》の空、それから太陽がまばゆく照らしている金色の小麦畑が美しい。この先の丘は、六月ごろには一面のひまわり畑に包まれるとか。

「進路はどうされるのですか。本格的にオペラ歌手を目指されるのですか？」

車を運転しながら、ナスルが問いかけてきた。

「オペラ歌手だなんて。まだ音楽院への入学が決まっただけなのに」

進学し、オペラ歌手になるよりは、少しでもセリムの近くにいたい……という言葉をこの運転手に語ることはできない。

セリムを好きだ、グラナダの王国でもっと彼と愛し合いたいという気持ちが勝ってしまう。

沈鬱《ちんうつ》なため息をついているうちに、車は高くそびえた塀に囲まれた古城に入っていった。

ちょうど城の一番上のテラスからだと、遠くに本物のアルハンブラ宮殿を見ることができる。

こちらの建物の前にはファティマの手の紋章が刻まれ、その奥にはアルハンブラ宮殿を思わせるような糸杉に囲まれた泉水のある中庭が広がっている。

庭全体に物憂げな空気が漂う。

住む人間がほとんどいない宮殿風の城をいっそうの静寂に包みこんでいる。

車から降りると、ちょうど中庭に面したテラスでギターを演奏しているセリムの姿があった。

早紗は足を止めた。

セリムはギターを弾くとき、とても淋しそうな顔を見せる。その横顔が愛しく思っているのが誰なのか。

(あなたが愛しているのは、前世のぼくですね。そして前世のぼくは……きっとあのとき妊娠した)

あちらのグラナダ王国はもうすぐ滅びる。

彼に、今、子がいないということは、あちらのサシャとの子はどうなったのか。

繊細で儚げで、それでいて甘く狂おしい音楽――彼の世界に行くたび、歌っていたせいか、あちらでは伝承音楽のようになっている。

(本当は……ここであなたと暮らしたい)

ただそうはっきり言えず、音楽院での試験をがんばったのは、彼からやってみろと言われただけではない。

セリムの心が思っているのは、喪った相手としてのサシャだと思えてきたからだ。

あちらの世界で前世を見てきたことによって、彼の心が喪った王国、喪った愛妻の存在を求めているのがより強く感じられるようになったから。愛しているのは前世のサシャ。自分ではない。

それを感じるから、ここに残りたいとは言えない。早紗は憂鬱な気持ちで水鏡を見つめた。

そこには自分以外の何者も映っていなかった。

早紗はセリムと遅い夕飯の席についていた。少し時間をもらい、厨房の脇を借りて早紗はパエリアを用意した。

十五世紀では、アルハンブラ宮殿の竈を利用して作った。

あちらにある食材でも作ることができて楽しかった。

必要な道具は竈の火と鉄製の鍋だけ。調味料もオリーブから抽出したオイルと塩、それから肉汁を出汁《だし》にした。あとは、サフラン、ローリエ、タイム、ローズマリーといった庭園に咲くハーブで味付けをする。

でも今は現代にいるので、今夜はこちらの食材を使った。

肉厚のパプリカ、やわらかみのある最高級のサーロインとその肉汁を使って贅沢なビーフパエリアを作る。

ホクホクとした味になるように米の間に、アリオリマヨネーズで味付けをしたジャガイモの破片を混ぜる。

さらにほんのりと彩りになるようにとほうれん草を添え、隠し味にキノコを使い、上にイタリア産のモッツァレラチーズとスペイン産のマンチェゴチーズをかけて焦がしてみた。

多分すごくおいしいはずだ。

（十五世紀にある食材で作ったのも素朴で美味しかったけど……やっぱり現代だとチーズがたくさん使えるのが嬉しい）

夕飯のテーブルは華やかな花が咲いたテラスに用意された。

古城の上階にあるそこからは、地中海の海も白い家の丘も古い街もはるかなシエラネバタ山脈も眺めることができる。

あの山脈のちょうど向こうがわにグラナダがある。

そこに設けられたふたりだけの丸いテーブル。ふたりきりで食事がしたいから……と料理をテーブルにならべさせると、いつものように使用人に食卓から去るように命じた。

「さっき、きみの学院から連絡があったぞ」

「え……」

「一応、ナスルをこちらでの身元引受人にしているからな。時々きみのことで連絡があるのだ」

「そうですか」

「コンクールに出て欲しいらしい」

「コンクール……ですか？」

「秋に行われるパリ声楽コンクールだ」

「……っ」

「きみはきっと賞をもらうだろう」

「どうして」

「才能がある。世界的な歌手になるだろうと、学院が期待している」

そんな。夢のようなことが？

「優勝してほしい」

「でも」

「そうなったら、きみの未来は約束される」

「え、ええ」

「だから終わりにしようか。きみもそれを望んでいるのだろう？」

「待って……そんな」

「進路をどうするか、今回までに決める約束だ」

セリムは立ちあがると、早紗の傍らに立ち、そっとほおに手を添えてきた。

彼の手のあたたかさがほおを包みこむが、自分ではない相手を求められている気がして切なくなってきた。

「きみのことは愛しい。だからこそ、羽ばたいて欲しい。呪いが解けなかった以上、別れなければならないのだ」

見あげると、いつもの優しいまなざし。

「運命のつがいにはなれないのですか？」

「呪いがかかっている以上、きみとは別の時間を生きていく。きみはどんどん歳をとり、いつか私を越えていく。私は永遠に歳をとらない。意味はわかるな？」

「まだ早いです、結論を決めるのは」

「だが、子供ができなかった」

「えっ」

「つがいの契約を結び、きみと何度も身体をつないだ。二回、満月があった。だが、二回ともきみに子はできなかった」

「セリムさま」

「今さっき水鏡を見ただろう？」

「え、ええ」

「虎は映っていたか？」

「いえ……ぼくだけ」

「なら、呪いは解けていないということだ。私の時間は動かない」

「子供ならこれからでも」

「無理だ。私は家族を持てない。これからも孤独に生きていけということだろう」

「……っ」

「さあ、もういい。遅くなったが、食事を始めよう。きみはコンクールを。会場にはいくつもりだ」

会場に。ではこれが最後にはならない。

早紗はすがるような思いで笑顔を作った。

「わかりました。コンクール、がんばります。……さあ、どうぞパエリアを」

テーブルの上のパエリア鍋から、少しだけスプーンですくって小皿に入れ、セリムに手渡す。

「ありがとう、きみのパエリアは最高だ」

「明日も作ります。こちらのいい食材を使って」

「ではお礼をしないとな。なにかしてほしいことはあるか？」

してほしいこと……。

あなたのそばにいたい。と言えない代わりに、早紗はほほえみながら言った。

「グラナダを案内してください。現代のグラナダでいいので。十五世紀のときに案内してくださったみたいに」

「そんなことでいいのか？」

セリムが意外そうに眉をあげる。

「ええ」

知りたい。もっともっと記憶のなかに刻みたい、この人を。

「そうしよう。楽しく過ごそう。私の人生に付き合ってくれてありがとう。この先、きみと別れたあと、パエリアを食べるのはやめよう」

「どうしてですか？」

「きみの得意料理だからだ。私は、生涯、パエリアは食べない」

「え……」

「いつもいろんなパエリアを作ってくれた。どれもこれもおいしかった。パエリアに、オイルリゾットのような柔らかな炊き方があるなんて知らなかった。米の芯はもちもちしていて、歯ごたえがあって、上質のオリーブオイルがしみ込んでいて、とても心地よい感触だった」

「今夜のパエリアはどうですか？」

「最高だ。パプリカの甘みとキノコととろみのあるやわらかな牛肉の香ばしい美味しさが混ざりあって。本当はイベリコ豚のパエリアが好きなのに、きみはいつも私にはビーフを使う。同じような旨味《うまみ》とそれ以上の香ばしさを出せるよう気をつけながら」

「セリムさま……」

「それは私がムスリムだからか？」

気づいていた。グラナダ王国はイスラム教徒の国だ。だから彼のための料理には豚肉とアルコールは使わないようにしていた。

「ありがとう。細やかな配慮に感謝する。きみのほうはどうだ？　そのスープの味は？」

「え、ええ、これ、アンダルシアの名物ガスパチョですよね」

「そうだ、好きか？」

「はい、トマトとニンニクの味が絶妙で、喉越しも爽《さわ》やかでコクがあってまろやかで」

「私もそう思う。デザートは？」

と言われ、一瞬、戸惑う。スペインは世界でも驚くほどスイーツが残念な国なのだ。甘すぎで、うっとなってしまう。

早紗は恐る恐るスプーンを入れた。クレマ・カタラナ。いわゆるクリームブリュレだが、果たしてどんな味付けになっているのだろうか。

そっと口に入れた早紗はあまりの美味しさに目を丸くした。

なんという味わい。リキュールのきいた飴細工がパリパリと口内で弾け、その向こうからもっちりとしたとろとろの生クリームたっぷりのミルクプリンがふわっと蕩《とろ》ける。

それをかみしめると、ミルクプリンの奥から小さなレーズンが出てきて、プリンだけでは物足りない食感を補ってくれるのだ。

「待ってください、こんなにおいしいの初めて食べます」

「よかった。日本人の口にあうよう特別に作らせたものだからな」

その優しさ。もうこの時間が最後だということを改めて知らされているような気がして、本当に号泣してしまいそうだ。だからそうならないよう必死に笑みを作る。

「こっちも食べないか」

「それは?」

「グラナダ王国の菓子、バクラヴァだ」

小さなケーキをフォークで切りとり、向かいの席からセリムが差し出してくる。

ふわっと漂う薔薇とシナモンと蜂蜜の香り。これは薄い生地に薔薇の花びらを蒸留して作った香りの水を含ませ、そのなかにヘーゼルナッツとくるみを入れ、蜂蜜で味付けしてアーモンドオイルで揚げたスイーツである。

「さあ、早く」

早紗はうっすらと唇をひらいた。

薔薇とシナモンと蜂蜜の香りがする小さなケーキが口内に押しこまれていく。サクサクとした生地をきゅっと噛みしめると、パイシートの間に隠れていたヘーゼルナッツとくるみとがコリコリと弾ける。そして幸せな気持ちが広がっていく。早紗はわざとらしいほどはしゃいだ声で言う。

「おいしい」

「私の好きなお菓子だ」

「最高です。ぼくも作りたいです」

「よかった、同じものが好きで」

早紗の額の髪をかきあげたあと、セリムは立ち上がった。

「明日、ゆっくりとグラナダの街を案内しよう」


夏の終わりのグラナダ。

サボテンとオリーブが植えられた荒涼とした坂道に夕陽が降りそそぐ。

「もう終わりだな。きみとの時間は私の中に。今のこの風景も」

「どうしてもこれで終わりなんですか？」

問いかけても、彼は答えようとはしない。視線をずらしたセリム横顔に、赤いグラナダの夕陽が降り注いでいる。

「同じ時間の流れを共有できない以上、きみの将来を奪うようなまねはしたくない。才能を伸ばしてほしい」

「それがあなたの願いですか？」

「そうだ、前世に縛られることなくきみにとって一番いい道を自分で探して欲しい」

セリムは早紗の首にネックレスをかけた。

「これは？」

彼の指輪とおそろいの「ファティマの手」がペンダントトップについたネックレスだった。そこには彼の指輪にあるルビーではなく、オニキスと本翡翠《ジェダイト》と水晶が刻まれていた。

「あらゆる魔から守ってくれる護符となるだろう」

「魔？」

「これがある限り、きみに発情期が訪れることはない。虎の血をひくアルファを引き寄せることはないのだ」

首からさがったネックレスの重み。ここにあるのは、彼の祈りなのか。そう、これは彼の優しさだ。

それが嬉しい反面、だからこそ離れたくないという気持ちがこみあげてくる。

「ありがとう、この夏、寄りそってくれて」

セリムは早紗のほおに手を添えてほほえみかけてきた。

真紅の夕陽が注がれ、セリムの黒髪が艶やかに煌めいている。黄昏の光を吸いこんだ彼の瞳は、緑というよりは甘い琥珀色に見え、これまで見たなかで一番遠く感じられた。

「精一杯、歌手としてがんばります。だからそばにいてください。たとえぼくが歳を取っても」

「それはできない」

苦笑をうかべるセリムをまっすぐ見あげる。

「私が苦しい。きみだけ、時間が流れていく姿を見るのは」

はねつけるように言ってセリムは背をむけ、細い路地が迷路のように入り組む坂道を進んでいく。

「バクラヴァ、こんなところにも売っているようだな」

黒いベールをかぶったイスラム風の若い女性が経営しているひと坪ほどの店の軒先に立ち、ショーケースをのぞいた。

「セリムさま……どうしてこんなところに……」

女性は驚いたようにセリムを見つめた。

「きみは……まさか……ジャミール」

誰だろう、知り合いなのか。早紗をちらりと見たあと、彼女は血相を変えて店の奥に行こうとした。しかしその肩をセリムが摑む。

「安心しなさい。今は私事できている。過去の私とは違う」

「あ……あの……すみません、ありがとうございます」

彼女の全身がガクガクと震えている。

後ろからやってきて「ママ」と呼ぶ。彼女はさらに顔を引きつらせ、近くにいた使用人にその子を奥にやるようにと指示した。

「あの子供は……きみの？」

「え、ええ。無事に……」

「そうか……その後、身体は？」

「普通の人間として。今は……昔と関係なく……暮らしています。ですからどうか」

普通の人間――――？

まさかオメガ？　確かに女性の格好をしているが、よく見れば中性的な雰囲気で、オメガだというのがわかった。

「まあ、いい。会わなかったことにしよう。きみも忘れなさい」

「ありがとうございます……あの」

不安そうなジャミールにセリムは優しくほほえみかけると、ショーケースのなかのバクラヴァを指差した。

「借金の分はそれで」

「あ、は、はい」

セリムは小さなクルミの乗ったバクラヴァを受け取ると早紗に手渡した。

「行こうか」

「あの……今のかたはもしかして……」

「昔、金を貸したが、行方不明になって。ナスルの遠縁なので心配していたのだが」

「オメガ……ですよね。では先祖からあなたの」

「ああ……そうだな。ところで、味は？　口に合うか」

「あ、はい」

言いたくないような空気を感じ、それ以上は尋ねなかったが、縁戚にオメガがいたのか。

「そう、それは良かった。ジャミールのことはもう忘れよう」

「ええ」

早紗は不思議な気持ちであたりを見まわした。

ここも十五世紀同様に蕩けんばかりの陽光と熱気につつまれている。

照りつけてくる太陽に骨までやかれそうだ。立っているだけでくらくらしてくる。

この先にマルコスの父親がオーナーシェフをつとめるレストランがある。今日はそこを貸し切りにして、ふたりで過ごすつもりらしい。最後の逢瀬《おうせ》の場所として。

進んでいくと暗い路地の陰から手拍子やギターの音が聞こえてきた。ちょうどそこにフラメンコスタジオがあった。

「フラメンコ、そういえばマルコスのところの店でちゃんと見なかった。見ておきたいです」

「私も踊れる」

「ええっ」

得意げに言われ、早紗は変な声をあげた。

「闘牛もできる」

今度は闘牛士のように腰に手を当てて、もう一方の手を前に差し出した。綺麗な身体のラインが一層美しく見え、その影がくっきりと地面に刻まれている。

「どうしてできるんですか」

「長いときをさまよってきた。いろんなことができる。ピアノもギターもその一つだ」

どんな時間だったのだろう。自分には想像もつかない。そこに知らない彼がいることが淋しい。さっきのオメガにしても……。

「時が止まったままなのが呪いなのですか」

「かもしれない」

やがてサボテンが群生する丘の麓《ふもと》に到着する。

バイトをしていたレストランの上にある洞窟住居。窓から入りこむ光がアンダルシア風の模様タイルと壁にかかったブロンズ製の飾りをきらきらときらめかせている。

サボテンとオリーブが植えられた荒涼とした坂道に夕陽が降りそそぐ。そこは掃除が行き届き、ホテルのようにベッドや食卓が設置されていた。

「あなたに子供がいないということは……十五世紀のぼく——前世のぼくはあなたの子を授かっていないということですね」

「……そうだな」

「十五世紀のぼくは……いつ死んだのですか」

「……」

「その時間には行けないのですか？　最後に経験したいです。離れてしまうにしても、自分がどうなったのか体験してみたい」

「それは無理だ」

「どうして」

「一度だけ。ただ一度だけしか行けない。神は、きみが見たところまでしか見せるつもりがないのだろう」

窓のむこうには、今は観光地となった彼の故郷の――アルハンブラ宮殿の赤い壁。

「その方がいいかもしれない。あのあと、私の王国が滅びる。そんな姿は見せたくない」

「……っ」

「この街で王国が栄えるのが私の夢だった。だが滅びてしまった。……きみの裏切りによって」

やはり、そうだったのか。やはり前世の自分だったのだ。

「きみは、父親とともに私を売ったのだ」

「ぼくが……あなたを殺そうとしたのですか」

「……いや」

「でも裏切ったんですね」

「そう、きみは私を見捨てた。私の愛妻としての印、天国の鍵の指輪をうけとると、急に態度を豹変させたのだ」

天国の鍵の指輪――。そういえば、前に彼がその指輪のことを訊いていたが。

「その上、大怪我をした私から、アルハンブラ宮殿の門を開ける大きな鍵を奪い、それを敵に渡した。勝ち誇ったような顔……今も忘れられないよ」

信じられない。自分がそんなことを。

「嘘です。ぼくがあなたを裏切るだなんて」

「だが、きみは確かに私を裏切った。私の子もこの世から消したではないか」

「ぼくが？　そんなことを？」

信じられない。ではあの泉で見た光。虎の家族は……。

「その証拠にグラナダの呪いは消えていない。私が長い時間をさまよっているのがその証拠だ。真実の愛がえられなければ、グラナダは滅びる。私の国は滅びたままだ。今では誰もいない。それに柘榴の花が咲かない」

「柘榴の花？　アマンテス・リリーですか？」

「そうだ、真実の愛を私が得たとき、私の呪いは解ける。この護符と、天国の鍵の指輪が出会ったとき」

「……っ」

「だが、もうそれはない」

「では……復讐《ふくしゅう》のため、ぼくをさがしだしたのですか」

「そうだ、最初はな」

セリムは吐き捨てるように言った。

「きみを孕ませ、子ができたとき、きみが死ぬのを見て嘲笑うつもりだった。子供を目の前で生贄にしてもいいと思っていた。数百年間、きみに再会するまでずっと復讐を考えていた。何人ものオメガを見つけ、確かめようとしたが、誰もきみではなかった。そしてようやくきみを見つけた。歌によって。だが実際に会って気が変わったよ」

「復讐……諦めたのですか」

「どうでもよくなった。能天気に私に幸せパエリアを食べさせようとするきみのバカっぽさ、呪いを解くために真剣になっている姿、十五世紀まで行こうとする姿に……きみに復讐してもつまらないことに気づいた。それに、きみの歌を犠牲にするのはもったいないと思った。これでも芸術を愛しているからね。きみを私のつがいにして、未来永劫、私以外に誰にも発情できないようにした。それが復讐だ。きみは、一生、恋愛できない。それで十分だ」

「セリムさま……」

「さあ、これを。もう忘れなさい。飲めば私とのことはすべて忘れる」

どろっとしたオレンジ色の液体の入ったグラスを渡される。

「これを飲めば……あなたを忘れ、これまでのことはなかったことになるのですか」

「ああ」

「いやです……あなたにとっては過去への復讐だったとしても、ぼくにとっては……なにもかも大切な初めてのことで……とても大事な時間で……それなのに忘れるなんて」

「忘れてもらわなければ私が困るのだ。普通の人間なら経験しないことをさせてしまった。前世のこともオメガであることも忘れ、現代人として当たり前の時間を生きてほしい。それに……きみが忘れてくれたなら、私も復讐や憎しみといった負の感情を捨て、心を軽くすることができる」

「これをぼくが飲めば……あなたは……負の感情から解放されるのですか？」

「そうだ。だから私のために飲んでほしい。そして音楽の道で成功してほしい。私のために……」

そう言われたら飲むしかない。身を切られそうなほど辛いけれど、彼が解放されるなら。

「ではあなたは？　このあとどうやって生きていくのですか？」

「どうでもいい、きみには関係のないことだ」

彼はやるせなさそうに早紗を見下ろした。

愕然として彼を見上げることしかできない。瞳にじわじわと涙が溜まっていく。

天国の鍵の指輪を持ったまま、前世の自分は彼を裏切ったのか。

（想像がつかない。あのふたりで過ごした時間の先に、そんな事件が待っていたなんて）

あんなに深く愛しあったのに。あんなに激しく求めあったのに。

わからないまま、それでも呪いが解けないなら諦めるしかないと、早紗は彼から渡されたグラスの中身を飲み干した。

7　秘密の赤ちゃん

さよなら、セリムさま。

そう思って、前世を忘れるという薬入りのジュースを飲んだのに、早紗はセリムと別れた翌日、また十五世紀にもどっていた。

いや、もどっていたのか、それとも夢を見ていたのか。

多分、夢だったのだろう。

天国の鍵の指輪のことが気になっていたので、あんな夢を見たのかもしれない。

アルハンブラ宮殿の片隅で、今にも死にそうになっているセリムを抱きしめている自分の夢。


それはアルハンブラ宮殿が無血開城する最後の夜の夢だった。

今の記憶を持ったままの早紗ではなく、前世のサシャとしてのものだった。

内通者の裏切りが続き、セリムが怪我を負ってしまったその夜、サシャは自分の体内に彼の子供がいることに気づいた。

(ここに新しい命がいます。あなたと……ぼくの……赤ちゃんです……そう告げたらどうなるんだろう。この子の命は？　セリム様の命は？)

大きく美しい満月が夜空を明るく照らしていた夜だった。

そこにいた住人は、すべて宮殿の外に出て行ってしまっていた。

最後に残ったのは、セリムとサシャだけ。

その夜、入院中の父から連絡があった。

サシャひとりなら助けられる。修道院の神父が安全を確保してくれるので、どうか修道院にきてほしい、と。

ただその代わり、セリムを見捨てなければならない。

それはできないと思いながらも、もう何年も会っていない息子を思って連絡をよこしてくれた父に感謝していた。

（親というのは……そうなのかもしれない。ぼくも……このお腹の子を守りたい。でもどうしたらいいのだろう、そのためには。セリムさまとこの子と暮らしていきたい）

そんなことを考えているとサシャのひざにもたれかかり、セリムが清らかな笑みを浮かべる。

「もし願いが叶うなら、ふたりだけで暮らしたかった」

「……っ」

「さあ、そろそろここから出ていきなさい。そして女王に言うんだ、セリムは自決した。もうグラナダ王国もこれで終わりだと」

「そんなこと……」

「これが……涙というものなのか。綺麗だな」

今日まで知らなかったよ――と幸せそうに、それでいてどこか淋しそうにそんなことを告げてくるセリムの表情に胸が痛くなる。

「ぼくは……っ……あなたに……伝えなければいけないことが……」

しかし言葉に詰まってしまった。果たして真実を告げていいのかどうか。子供ができても言わない約束になっている。ひとりで消えると約束した。

だけど伝えなければ。真実の愛によってこの子は生まれる。自分が裏切らないかぎり、真実の愛の結晶として生まれるのだから。

「どうした、なにか心配事でも？」

「いえ」

「言いたいことがあれば、何でも言いなさい。私はこれで終わりだから」

「終わらないです……終わらないで」

「きみは生き延びろ。私はここに残る。もう間もなく敵がやってくる」

「……っ！」

「また会おう。いつか必ず遠い未来のどこかで会える。これはその約束の印だ」

王が奴隷の細い指に指輪をはめる。

天国の鍵の指輪――鍵の形をした護符に紅玉が刻まれた指輪だった。王の指には、同じように紅玉が刻まれた指輪だが、鍵ではなくファティマの手の形をしていた。

「この指輪はまさか」

「グラナダの虎王が真に愛した妻にだけ許されたものだ。未来永劫、きみだけが私の妻だ。だから未来で再会しよう」

「いやです、未来なんていやです、今でなければ」

「運命だ。私はここで消える、その指輪とこの指輪がまた出会う日まで」

「王……」

「そのときこそ本当に結婚しよう。そして……またあれを食べさせてくれ。きみを初めて召したときに食べたあの……料理を」

「あの料理……」

「ああ、最高に幸せな気持ちになるスペイン料理というやつを。またあれが食べたい。きみの綺麗な声が奏でる歌を聴きながらあれを食べ、それから一緒に入浴して、夜中、愛しあった。私は、あのとき、生まれて初めてこの世に生まれてきてよかったと思ったのだ」

「え……ええ……楽しかったです……あのときは……」

「私もだ」

「好きだ、きみがとても好きだ。その綺麗な声、優しい笑顔、そしてきみの手が作るおいしい料理……そして抱きしめたときの熱……なにもかもが好きで仕方ない。こんなにも他人を愛しく想うようになるなんて」

「同じです……ぼくも」

「この国の王として生まれた運命をきちんと理解し、一生、誰も愛さないと決めていたのに。きみを愛してしまった。ありがとう……会えてよかった」

「そんなこと……そんなこと言わないで、お願いですから……どうか」

そのとき、獰猛《どうもう》なライオンの声が聞こえてきた。

イザベル女王の軍隊だ。父から「ライオンの声が合図だ。それまでに城から出ろ」という手紙を受け取っていた。

「セリムさま、死んではいけない。ぼくが表門で時間を稼ぎます」

「なにをバカなことを言う。危険だ」

「お願い、聞いて。ぼくが裏切り者なんです。ぼくがあなたを裏切っていたのです。父が女王の軍と通じていて、ぼくの安全を確保してくれています。この城を明け渡すことを条件に、守ってもらえるんです。その代わりあなたは、裏の道から逃げてください」

そう言わなければ、彼を助けられない。自決なんてさせない。切迫した気持ちでサシャはそう言った。本当は違う。けれど、彼をこのまま死なせたくなかったのだ。

「きみは裏切り者だったのか」

「ぼくはあなたを愛していません」

セリムが信じられないものでも見るような眼差しでサシャを見つめる。

「ぼくはあなたを愛していません。でもあなたを死なせたくない。だから逃げて」

真実の愛がなければ、子供ができたとき、自分は死ぬ。それならそれでいい。このひとと子供さえ助けることができたら。

「何だと」

セリムの瞳に怒りの色が宿る。

「ついでにあなたの赤ちゃんも殺します。ここにいるんです、赤ちゃんが」

「――――っ」

セリムは驚いたように目を見ひらいた。

「この子が生まれる前に、殺します。そうしたくないなら、ぼくを殺してください」

サシャは艶やかに微笑した。

「なにをさせたい」

「ぼくにも良心があります。これは賭《か》けです。あなたがこの子を助けられるかどうかの。あなたが生き伸びて、一ヶ月以内にぼくを見つけたら、ぼくはこの子を殺しません。その代わり、あなたがこの子を助けに来なかったから、ぼくは堕胎用の薬草を飲んでこの子を殺します。猶予《ゆうよ》は一ヶ月です。それまでにぼくをさがしてください」

「ダメだ、殺させない。その子は……虎王の子だ。王国の未来を託す子ではないか」

「なら、死のうなんて簡単に思わないでください。ぼくは表門から行きます。裏切り者なので、女王の軍隊は安全にぼくを迎え入れてくれます」

サシャはセリムの手から、アルハンブラ宮殿の門を開けるのに必要な大きな鍵を奪って、彼から離れた。

「サシャ……返せ、それは、この城を開けるための」

怪我をしている彼は、自分で動くのだけが精一杯だ。サシャには追いつけないだろう。

「もらっていきます。ふたつの鍵を。この城を開けるのに必要な大きな鍵。それからあなたの妻としての証——天国の鍵の指輪。このふたつがあるかぎり、この城の所有者はあなたではなく、ぼくということになります」

「呪いがかかるぞ、きみに」

「呪いなんて迷信です。ぼくには関係ありません。あなたはどうかその間に裏門からどうぞ。逃げ遅れたときは命はありませんよ」

そう言って、サシャはセリムに背を向けた。

もう逃れられない。自分は選んだのだ。彼とこの子を助ける道を。

（アルハンブラ宮殿、この宮殿の縛りからセリムさまを解き放って。代わりにぼくが死ぬから。この城の呪いを受けて死ぬ。だから、セリムさまとこの子を助けて）

早紗は祈るような気持ちで宮殿に訴えた。

「ここにいるのは虎王の子。この宮殿の後継者。その子を守るため、ぼくは裏切り者となってこの宮殿を売ります。その代わり、いつかこの子とセリムさまがここに帰ってくる。それを信じて」

その代わり自分は消える。この子を産んだとき、真実の愛がなければ、虎王の妻は死ぬという。でもそれは本望の死だ。

（ぼくには……他に……どうしたらいいかわからないから）

グラナダ王国は、明日滅びる。セリムはその前に自決してしまう。このお腹の子供もどうなるかわからない。今、選べる最良の道は、サシャ自身が犠牲になることだ。

でも今はまだ死ねない。

今、死ぬとお腹の赤ちゃんも死んでしまう。

お腹の赤ちゃんと、セリムさまを助けるたった一つの選択肢――それは裏切り者として、この城を開場する手助けをし、自分は父に保護を求めることだ。

セリムはきっと生き延びる。この城と運命をともにはしない。

この子を守るため、サシャに復讐するため、生き延びてくれるだろう。そのときまで、サシャも生き延びなければ。

（どうかどうか、無事で。ぼくを殺しにきてください。待っています。だから）

怪我した身体を引きずりながらセリムが虎に姿を変えて、いなくなったのを確認すると、早紗はそっと崖《がけ》から降りて川沿いの道を進んだ。

父の病院に行き、この鍵を渡して教会に保護を求めよう。そう思って修道院に行ったのだが。

「う……っ！」

修道院の前で弾けるような音がしたかと思うと、続けざまに矢が身体に突き刺さり、そこから砕け散っていくような強い衝撃を感じた。

なにが起こったのか――――。

守らなければ、赤ちゃんを守らなければ。

足下がぐらつき、身体が重心を失う。ゆっくりと背中から後ろに倒れこんでいくのを止められない。

「くっ」

地面に後頭部から叩きつけられ、身体が大きく跳ねた。

ぼくは……殺されるのか。ああ、殺されたのだ。

「サシャ、おまえを育ててよかったよ。この鍵はもらっていく。おまえは、私の兄の子なんだ。兄が喜んでくれるだろう」

サシャの手からアルハンブラ宮殿の鍵を奪ったのは、育ててくれた父だった。

彼の兄の子――では寵姫でありながら、母が不義密通をしていた騎士というのは――――。

ああ、ダメだ、自分が死んだらこの子も死んでしまう。生き延びなければ。

神さま、どうか助けて。この子とぼくを――そう思いながらサシャは必死に地面を這い、そのまま川に落ちていった。

手のひらから天国の鍵の指輪が落ちていくのを必死で止めようと、それをにぎりしめながら。

†

セリムさまと赤ちゃんを助けたかった。

ふたりの間に誕生するはずだった子供、次の虎王――。

けれど浅はかな知恵だった。父からの手紙を信じようとした自分の甘さが招いた。けれど精一杯だったのだ。どんなことをしても守りたかったのに。この命をかけて守るつもりだったのに。

哀しい記憶がよみがえってくる。前世の最期の瞬間の記憶。

冷たい水のなかに落ち、川に流されながら自分の命の灯火が消えていくのを感じていた。せめて赤ちゃんだけでも助けたいのに。まだ産声もあげていないのに。

身を引き裂かれるような心の痛みを感じていた。

激しい哀しみに声をあげて泣き叫びたいのにどうすることもできない。ただただ早紗は手のひらのなかの指輪を痛いほどにぎりしめていた。

そして心のなかでセリムにごめんなさいと言い続けた。

(セリムさま……ごめんなさい……あなたを助けたかったんです……あの城と心中させたくなかった。あなたに赤ちゃんを捧げたかった。ああ、でもできない。ごめんなさい、セリムさま)

ごめんなさい、ごめんなさい、ごめんなさい、ごめんなさい。

セリムさま、ごめんなさい。

なにより、ぼくの赤ちゃん、ぼくの大事な赤ちゃん、セリムさまとの赤ちゃん、ごめん、本当にごめんなさい。ぼくのせいで、この世に誕生させてあげられなくてごめんなさい。

水のなかで意識が遠ざかっていく。

ひどく哀しくて、苦しい。心が痛い。そんな絶望のまま早紗の命が消えかかろうとしたとき、ふいに聞こえてくる声があった。

――ママ、ママ、お願い、泣かないで。お願いだから謝らないで。ぼく、ちゃんと生まれるから。次の世で、ぼく、ママのところに生まれるよ。だから泣かないで。ぼくが安心して生まれる平和な時代に、またママの赤ちゃんにして。パパとママの子供にして。そしてそしてそして、今の時代の分も、いっぱい愛して。いっぱいいいっぱいぼくを愛してね。


いっぱいいいっぱいぼくを愛してね――――。

愛らしい声。たまらなく可愛い声が耳に聞こえた瞬間、空に光が見えた。暗い夜の川底にいるはずなのに、ふわっと身体が軽くなって、まばゆい光に全身を包まれていく。

そのとき、お腹のなかがとてもあたたかくなるのを感じた。

ああ、今のはきみの声だったんだね。ぼくを許してくれるんだね。またぼくのところに生まれてきたいと望んでくれるんだね。

（ありがとう……ありがとう……次は絶対にきみを守るから……今度こそきみを……世界で一番愛するから。ぼくとセリムさまの秘密の赤ちゃん……だから……ぼくのところにきてね）

そんな祈りとともに光のなかに自分と赤ちゃんが包まれていくのを感じた。

――うん、約束だよ、会おうね。だから待っててね、ぼくがママのところにいくまで。

あの子――セリムさまの赤ちゃん。ああ、彼のためにも生まれ変わらなければ。平和で、彼を守っていける時代に。

そんな思いのまま、早紗はハッと目を覚ました。

「……っ！」

今のは……。

目を覚ますと、バルセロナの学生寮のベッドのなかだった。

ここにいるのは二十一世紀の自分。音楽院の学生で、二十歳になったばかり。

頭のなかで現実を理解していた。しばらくあまりにも生々しい夢の感触に、早紗は自分がなにをしているのか、どうなっているのか完全には理解できずにいた。

瞳もほおも涙でぐっしょりと濡れている。まだ身体を矢で射られたときの痛みが残っているようだ。

冷たい川の水も息苦しさも。そして、この身体を包んだまばゆい光のあたたかさも。

なによりもあの愛らしい赤ちゃんの声が。

（あれは……あれは……赤ちゃんの声だったの？　ぼくとセリムさまの）

許してくれたのだろうか。それともただ自分の願望のせいでそんな幻聴を聞いたのか。

涙をぬぐいながら早紗は身体を起こした。

窓の外を飛行機が飛んでいる。遠くにサグラダファミリアが見える。ベッドサイドにはスマートフォン。机にはパソコン、それから冷蔵庫やエアコン。ここは二十一世紀のバルセロナだ。それなのに、つい数秒前まで十五世紀のグラナダにいたような気がしてならない。

（でも……わかった。セリムさまは……あのあと前世のぼくがどうなったのかも知らないまま、ずっと憎しみを抱えたまま……ずっとさまよって……）

改めて胸が痛くなった。彼の長い時間を思うと。

（まさかパエリアを作ってくれた父さんが……ぼくを殺そうとしたなんて……。でももう父さんもいない。恨み言も言えない）

前世のサシャ。今の自分はその延長線上にいる。前世の記憶がはっきりと今につながった。

サシャは裏切り者のふりをして、セリムを助けようとした。自分の命をかけて、赤ちゃんとセリムを守ろうとした。

赤ちゃんがいなければ、サシャはセリムとともにあの城で命を絶った。けれど赤ちゃんができていることがわかり、生きなければと思ったのだ。

そしてふたりを助けようとして、自分を犠牲にしようとした。それなのに父が裏切っていたため、アルハンブラ宮殿を開けるための鍵は奪われてしまった。

絶望のままセリムからもらった愛の証――虎王の妻を証明する指輪を手にしたまま川に落ちていき、

赤ちゃんとともに命を喪ってしまったのだ。

アルハンブラ宮殿の呪い。それが自分にもかかっているのだろう。だからオメガとして、同じ運命をたどるため、今世に生まれ変わって誕生したのだ。

十五歳のとき、事故にあった際に「早紗」のなかにサシャの魂が融合したような気がする。確証はないけれど、何となく。

同じように歌が得意で、同じようにパエリア職人を養父に持ったところに。

そしてセリムはサシャの気持ちを知らないまま、裏切られたと思ってさまよっているのだ。

(ぼくにも……呪いがかかっていると知らず……)

前世で、サシャはアルハンブラ宮殿に懇願した。呪いをかけてくれと。その代わりに、セリムと赤ちゃんを守ってほしい、と。

けれど赤ちゃんを守れなかった。それどころかサシャだけが生まれ変わり、前世のことを忘れたままセリムと再会し、彼を好きになってしまった。

(どうして……どうして……こんなことに。赤ちゃんも生まれないのに……どうして)

本当にどうして自分は生まれ変わったりしたのだろう。

それに忘れるための薬を飲んだはずなのに、どうしてセリムとの時間をしっかりと記憶しているのだろう。これも呪いなのだろうか——。

そんなことを考えていると、廊下からふいに自分を呼ぶ声が聞こえた。

「——早紗、早紗っ、なにやってんだ。パリに行かなくていいのか」

マルコスの声だった。パリ――という言葉に、早紗はハッとベッドから飛び起きした。

そうだ、パリに行かなければ。今日はコンクールの日だ。

「今……いく……待って」

コンクールにはセリムも観客としてくると言っていた。それなら再会できる。再会してどうなるかわからないけれど、あのときのことを伝えよう。

しかしベッドから降りたとき、早紗は唐突に吐き気がした。

ものすごい嘔吐感。胃がムカムカする。ふらふらとした足で部屋を飛び出し、早紗は学生寮のトイレに駆けこんだ。

広々とした洗面所で吐き気と戦う。けれどなにも出てこない。どうしよう、歌どころか、身体が熱っぽくて力が入らない。早紗は呆然としながら、洗面所で口をゆすいだ。

そんな早紗の様子をみて、マルコスがクスッと笑う。

「どうしたんだ、緊張しているのか」

「多分。……よくわからないけど……急に吐き気が……っ……」

「男なのに妊娠してるみたいだな。うちの姉ちゃんが妊娠したときにそっくりだよ」

「妊娠……」

その言葉に早紗はハッとした。どこからともなく愛らしい声が聞こえてくる。

――約束だよ、会おうね。だから待っててね、ぼくがママのところにいくまで。

まさかまさか、まさか――。

早紗は全身を震わせた。そして両手を胸の前でにぎりしめた。どうしたのか、胸の奥が熱くなり、どっと嗚咽がこみあげてくる。涙とともに湧いてくるはっきりとした確信。

いる、ここに。ここに……あの子が、ここに赤ちゃんがいる――。

†

――約束だよ、会おうね。だから待っててね、ぼくがママのところにいくまで。

あの日、光のなかに消えていくときに、この魂の奥ではっきりと聞きとった命の声。その命の声にすがるように、それだけを未来への希望に光に包まれていった。

あれは生まれ変わる前の自分。そして誕生させることのできなかった赤ちゃんとの約束。

その瞬間のことを――前世の最期の記憶がよみがえってきた朝、早紗は自分の体内に宿る新しい命に気づいた。

セリムとの赤ちゃんが自分の身体の内側にいることを――。


その日からどのくらいの時間が過ぎたのか。

少なくとも三年が過ぎていた。

あのあと、早紗はコンクールには出ず、音楽院をやめた。

今はグラナダから車で二時間ほど南下した場所にあるマラガという町の裏通りにある小さなバルで働きながら、一人で子供を育てている。

男の身体をしながら、子供を授かることのできるオメガ。どうやって子供を産めばいいのかわからず、早紗はグラナダにいたジャミールというセリムの縁戚の子孫のオメガを訪ねた。

運よく彼の母親がオメガを理解する医師だったので、そこで子供を出産することにした。

父親が誰なのか訊かれ、セリムとは言えず、音大の同級生ということにしてもらった。というのもジャミールがセリムをとても嫌っているのがわかったからだ。

かつてセリムに借金をしてそのまま消えたという話だが、逃げたのは借金のせいではなく、オメガということで彼からひどい扱いを受けるのを恐れてのことだったらしい。

『セリムさまはオメガを憎んでいるからね。かつて裏切った妻の生まれ変わりを探していたみたいで、いろんなオメガから恐ろしい話をよく聞いたよ』

ジャミールは身の毛もよだつような様子でそんな話をしていた。

『見つけたら、妻の生まれ変わりに復讐するって話だよ。ぼくは妻と間違えられて殺されるところだったからね。あの男、名士だとかセレブだとかでみんなから尊敬されているけど、オメガにとっては最悪の相手。オメガ狩りをしている悪党だよ』

『本当に?』

『ああ、嫌な男だよ。あんたの子がセリムさまの子だったら、ぼくは絶対に助けなかったよ。セリムさまは、自分を裏切った妻を殺すためにさまよっている。その妻と間違えられ、オメガというだけで危険な目にあうのはごめんだよ。あんたも良かったね、妻の生まれ変わりじゃなくて。別のアルファのつがいになって。まあ、それ以前にセリムさまがオメガを妊娠させることはないよね。なにせ呪われているんだから。セリムさまは、子供を授かれない虎王、グラナダを滅ぼした虎王そのものなんだからね』

『まあ、どのみち、セリムさまに子供ができても……その子がアルファだったときはまともに成長できないよ』

そう説明したのはジャミールの母親だった。早紗は彼女がいなければ子供を誕生させることはできなかった。

『どうしてですか？』

『セリムさまの子がアルファなら、三歳になるころ、虎に変身してしまうようになる。虎王の子の運命だけど、現代に、虎に変身する人間の子供なんて、まともに育つわけがないだろう』

確かにそうだ。

虎王の子がアルファだったとき、三歳くらいから、夜になると虎になってしまうという。その子の虎としての野生を制御して育てるのはとても難しい。現代の、この都会で、どうやって虎に変身する人間を育てればいいのか。

（平和な時代になったけど……今ならシングルでも子供を育てられるし、誰かから暗殺される心配もない。でも虎だったら……どうしたらいいのか）

セリムが自分を憎んでいる？　そうは見えなかった。とても優しく愛してくれた。だから赤ちゃんができたのだと思う。

けれど同時に、十五世紀の自分がしたことを思うと、ジャミールの言うこともあり得る気がして、早紗はひとりでひっそりと子供を育てることにした。

数百年、憎しみと復讐心からさまよっていたひと。今、行き場をなくしている。

本当は真実の愛だったのに。この身を犠牲にしても彼を助けたいと思うほどの愛だったのに。

けれど伝えることができないまま、サシャは子供とともに死んでしまった。

ここにいるのがセリムの子だと知られるとどうなるのか。

過去のサシャへの憎しみから、子供も憎く思ってしまったら――。

それもあるけれど、万が一、セリムの子供だとわかるとジャミールたちに殺されるかもしれない。

彼はみんなから嫌われているのだから。

そうなったら、早紗は現代でオメガとして子供を誕生させることができない。

とにかくこの子を無事に誕生させるまでは。

赤ちゃんの誕生、それから成長。そのことだけを目標に、早紗は出産したあと、生まれた子とふたり、病院から姿を消した。

その後、ジャミールには、子供は死んだと伝えた。

今は、昼間だけパン屋の近くにある修道院付属の児童福祉施設に預け、夜は自分のアパートに連れて帰ってそっと暮らしている。

「姉の忘れ形見なんです。ぼくは叔父なんですけど、働いている間、預かって欲しくて」

教会にはそう説明した。まさか自分が母親だとは言えない。

子供は男の子で、名前はペピート。今のところ、虎になる兆しはなかった。

ジャミールの母親の話では、もしもアルファだった場合は、三歳になるあたりから夜だけ虎になってしまうらしい。そうなったら、どうすればいいのだろう。

（この子を無事に育てることができるだろうか）

そんな不安を抱えながらも、ペピートがとてもいい子に育っているのだけが救いだった。

最近、教会の真横の小さなスペースを任されるようになり、教会には、いつもペピートを預けに行くとき、早紗がランチ用に作ったパエリアとバクラヴァを届けることになっていた。

「早紗おじちゃん、パエリア、いつもありがとう」

ペピートは他の子供たちに混じって楽しそうに過ごしている。セリムによく似た黒髪、緑の瞳がとても美しい。

「わあっ、ビーフパエリアだ。とってもあたたかくておいしいね」

「おいしい、チーズとろとろに溶けるよ」

子供たちのはしゃいだ声が教会付属の建物に響きわたる。

「早紗おじちゃんのパエリア、最高。とってもおいしい」

「パエリア、おにぎりにしたから食べやすいよ」

ふっくらとしたほおにパエリアをほおばり、ニコニコと笑うペピート。

天使のようだと思う。

「それからご飯の後はこっち。バクラヴァだよ」

パイ生地で包んだくるみ菓子。世界で一番おいしいお菓子だと思う。

「それからこっちがクロワッサン。桃のジャムを挟んでおいたよ」

「わーい、おいしいよ。早紗おじちゃん、オルガンで歌って」

「いいよ」

教会の天使の絵の前で、おいしそうにパエリアを食べる我が子とその仲間たちをを見ながら、早紗はそこに置かれたオルガンを演奏するのがとても好きだ。

貧しい教会なのでパイプオルガンはない。中古の木製でできたベルオルガンだ。だからパイプオルガンの稽古をしたことがない早紗でも演奏することができる。

朝の光が降り注ぎ、虹色の光が上空から差しこんできて教会の壁や床にステンドグラスと同じ色の色彩が映りこんでいた。

聖堂のステンドグラスから差し込む光は、初めてセリムにあったときの舞台の光にとても似ている。

そのときのことを思い出しながら、オルガンを演奏し、あの歌を歌おうかと口にしてみた。

カトリックの修道院で、異教のイスラエル教徒の音楽を口にするのはどうかと思ったが、それでも歌ってみたかった。

自分で伴奏を演奏し、「アルハンブラの思い出」を歌っていく。

石造りの教会は、信じられないほど綺麗に声が反響する。日本の木造の建物では決して感じられないほどの音の響き。スペインアンダルシアの空気とこうした石造りの建物はどんなホールよりも音響効果がすごいと思う。

　ペピートは、もぐもぐとパクラヴァやパンを食べながら早紗の歌を聞いている。ステンドグラスの光がスポットライトのように早紗に降り注いでいる。

　光がとてもあたたかくて美しい。

　その光に目を細め、じっと横からオルガンを演奏する早紗の姿を見ているペピート。

　幸せだなと思った。欲しかったのはこういう日常だった気がする。

　愛する家族がいて、その人のために音楽を演奏して、食事を作る。

　そうした日常が本当はずっと欲しかったのだ。だから歌をやっていたし、パエリア作りを覚えた。

　そのことを実感し、演奏を終える。

「いつもありがとう、早紗。あなただって大変なのに、子供たちにいろんなものを届けてくれて」

　施設を運営しているシスターが声をかけてきた。

「パエリアとお菓子とパンと聖歌隊の指導はぼくに任せてください」

　ペピートに親だと名乗ることはできない。けれど食事と歌だけは自分がなんとかしたかった。シスターの服も子供達の服もボロボロだ。街からの助成金がないため、いつも施設は火の車らしい。

「あなたの歌、素晴らしいわ。本格的にオペラを学んでいたんじゃないの？」

「昔は。でも今はもうダメなんですよ」

「どうして？　もったいないわ」

「ぼくはみんなが喜んでくれるのがとても嬉しいです。教会の掃除も何でもぼくがしますのでどんど

ん言いつけてください」

「どうして叔父のあなたがペピートを育てているの？　実の父親はどうしているの？」

その言葉に言いよどんでしまう。そうして、もしもセリムに見つかったら。

ジャミールに出産のことは知られている。

絶対に黙っててほしいとたのんだものの、セリムに知られている可能性だってある。そのとき、ペピートを犠牲にはできない。


小さなバルで働いたあと、夕方、早紗は施設にいき、子供たちとともに合唱の練習をする。

音楽院での授業がとても役立っている。

練習の後、早紗はペピートを連れてアパートに戻る。

マラガの市街地から少し郊外に行ったところにある集合住宅。

教会のシスターの主人の紹介で、何とかその集合住宅の屋根裏で暮らしている。

「おじちゃん、今日も川の掃除に行くの？」

「うん」

数百年も経った今、あの天国の鍵がついた指輪が見つかるとは限らない。けれど早紗はあのとき、自分が沈んだ川の河口をずっとさがしていた。

グラナダから、どんどん地中海方面に南下して、川の掃除をしながらそのあたりの砂利を掘ったりして。けれどももちろん見つかりはしない。

それでもせめてそれだけは探したいという気持ちから、週末になると、ペピートを連れて早紗は川の掃除をしていた。

その間、ペピートは河原で小さなマンドリンを弾いたり、子供用のギターを弾いて遊んでいる。音楽が好きなのは自分と似ている。それが嬉しかった。

ある夜、川からの帰り道にペピートがふと不吉なことを口にした。

「ねえねえ、おじちゃん、最近、ペピート、虎さんになる夢をよく見るんだよ」

「え……虎の夢って」

「うーん、よくわかんない。おじちゃんがよく動物園に虎を見に行くからかな」

「ああ、そうかもしれないね」

ドキドキしたが、変身する気配がないのでホッとしていた。動物園……確かに、セリムのことを思い出すと、いてもたってもいられなくなって、つい虎を見に行くことがあった。まったく違うとわかっていながらも、彼が恋しくて。かといってアルハンブラ宮殿に行くのはもっと勇気がいった。

「さあ、早く寝ようね。明日も幸せパエリア作ってあげるからね」

「わーい、おやすみなさい」

ペピートと暮らしているアパートの部屋はふた部屋。ペピートの部屋を作り、早紗はリビングのソファで寝ていた。三歳になって虎になるのか人間のままなのか。アルファなのかベータなのか、あるいはオメガなのか確かめたあと、彼の将来をどうするか決めようと思っていた。

そんなある夜、隣の部屋から泣き声が聞こえてきた。

そこにいるのは尖った耳と、白くてふわふわとした毛に縞模様《しまもよう》の小さな虎だった。仔猫のような、虎の子供だ。早紗は戸口で呆然と佇んだ。

「ペピート……」

窓から差してくる大きな丸い月の光。夜の海。遠くにはアフリカ大陸。

では……この子はアルファなのか。

「ペピート……ペピート……」

思わず虎の子を抱きしめる。ふわふわの毛が愛しい。セリムは黒い虎だったが、この子は白い。いつか水鏡で見たままだ。では自分は白い虎になっているのか。

早紗は鏡を確かめた。

だが普通の鏡ではわからない。あのアルハンブラ宮殿の水鏡で確かめなければ。でも観光地になっているあそこでそんな姿を確かめることなんてできない。

(ここにはもういられない。どうしよう、アルファをどうやってぼくが育てていけばいいのか)

どうしたらいいのか――と小さな虎になってしまったペピートを抱きしめていたそのとき、胸から下げていたネックレスが彼に触れた。

カッとその場で何かが光ったような気がした次の瞬間、ふわっと彼が透けたようになり、腕の中で虎から人間へと姿を変えた。

「え……っ」

一瞬、早紗は目を疑った。

これは魔除《まよ》けの護符だと言ってセリムから受け取ったものだった。

もしかすると、これをかければいいのか。早紗は首からネックレスをとって、ペピートにかけた。

すると満月の光を浴びても彼の姿が変わらない。

よかった、これは彼にとっても魔除けになるのだ。それからネックレスをつけていると、ペピートが虎にならないことに気づき、早紗は夜だけ彼にネックレスをかけておくことにした。

魔除けの護符だとセリムが言った。

今のところ、自分にも発情期のようなものは起きないし、これはペピートが持っていた方がいいかもしれない。

「ペピート、大丈夫だからね。おじちゃんがきみを守るからね」

早紗は祈るような気持ちでペピートを強く抱きしめた。それがうれしいのか、ペピートは「おじちゃん、大好き、大好き」と言って早紗にしがみついてきた。

「おじちゃん、ずっとペピートのそばにいてくれる？」

早紗の肩に頭をあずけてペピートが問いかけてくる。まだオムツでパンパンになったお尻を包みこむように抱っこし、早紗はペピートのほおにキスをした。

「いるよ、ずっとそばにいる。離さないから。いっぱいいっぱいペピートのことを愛して、いっぱいいっぱい大切にする。世界で一番大切なぼくの宝だから……」

愛しい息子。やわらかくて、ミルクっぽいような、子供特有の匂いがする。この子はあのとき、お腹にいた赤ちゃんだというのがわかる。絶望に打ちひしがれたまま死んでいこうとしたとき、サシャに優しく声をかけてくれた赤ちゃん。

謝らないで。平和な時代になったとき、またママになって。そしていっぱい愛して。

そう言ってくれたから、サシャは生まれ変わろうと思ったのだ。未来へ行こうと。そう、赤ちゃんが励ましてくれたから。だから光のなかに進めて、そして生まれ変われたのだ。

「ペピートもおじちゃんが大好き。おじちゃん、ペピート、どこにも行きたくないからね」

「どうして、どうしてペピート、そんなこと言うの？」

「シスターがね、黒い服の怖いおじさんがペピートのことを見ているって言ってたから」

まさかジャミールたちが？　いや、違う、彼は女性にしか見えない。黒い服の怖いおじさんというのは……もしやセリムの関係者だろうか。

「そのおじさん、どんなひとだったの？」

「怖い顔……してた。ペピートのこと、ゆうかいするかもしれないって、シスターが言ってた」

誘拐《ゆうかい》？　何者だろう。セリムの関係者が誘拐するのだとしたら、やはり彼は早紗に復讐するつもりでいるのかもしれない。彼の優しさ、あの日々を本物だと信じたいけれど、もしかすると、それこそが彼の本音？　虎王の子を虎王がどうするのか、妻が裏切っていたときは殺すと言っていたような気もするが……記憶がはっきりしない。

（でも……でも守らなければ。とにかくこの子を無事に成長させないと）

前世の分も。この平和な時代で。今度こそ幸せな人生を。

やがて数日が過ぎ、イースターになった。ヨーロッパではその前の週の聖週間の祭が有名である。

そのとき、教会のミサで子供達も合唱することになっていた。

マリアとキリストを乗せた巨大な山車。大きなところでは、５８００キロの重さの山車《だし》が教会から出て街を練り歩くのだ。トロソという名の壮烈な行列である。ペピートのいる教会にはそうした山車はなく、聖母像とキリスト像を飾って合唱をするだけである。

ペピートはとても楽しそうに歌っていた。やはり音楽の才能があるようだ。彼にたくさん楽器を習わせたい。それから歌も歌わせたい。

そんなことを思いながら合唱を終えたペピートとともに早紗は聖週間の山車行列を見に街にくりだした。大きな山車に涙を流した聖母像が建てられ、花と蠟燭で飾られた山車を二百人近い男性たちが持ち上げ、祭の紛争に身を包んだ集団が街を練り歩いていく。

「綺麗だね、とっても綺麗だね」

ペピートと一緒に見ていたそのとき、早紗はふいに身体が熱くなるのを感じた。

「おじちゃん、とってもいい匂い。今日、とっても甘い」

ペピートの声に早紗は全身を震わせた。どうして。これは発情期だ。そう思ったとき――――。

「あれは……」

見覚えのある人影に気づき、背筋に寒気が走った。

山車を見物している観光客の向こうに、アラブ風の黒衣を身にまとった男が佇んでいた。

セリムさま――。

とっさにペピートを抱きあげ、時が止まったように、早紗は息をのみ、目を見ひらいた。

山車の行列の向こう。練り歩く人々。観光客でごった返す人ごみ。

でもはっきりとわかる。

ああ、セリムさまだ――そう実感したとたん、胸の奥が震えた。

恐怖、愛しさ、懐かしさ、恐れ、いろんなものが体内を渦巻くが、それよりも肉体の奥が熱く疼いてきた。発情期だ。隠しようがない。向こうも気づいている。

「ねえ、おじちゃん、怖そうな黒い服の人があっちから追いかけてくるよ。あのひと、前に、川にもいたよ」

川にもいた？　本当に？　セリムが。ではずっと気づかれていたのか。

今もこっちに向かってくる。ああ、ペピートを守らなければ。

思わず背を向け、早紗は教会へと向かった。

「ペピート、今から教会に行く。シスターと一緒にいて。このネックレス、絶対に外したらダメだから。いいね、ぼくが迎えにくるまで、シスターのところにいるんだよ」

「うん、いるよ。ペピート、お利口さんだから」

「あの黒い服のおじさんには絶対に見つかったらダメだからね」

「うん、絶対に見つからないよ。ペピート、隠れん坊、得意だから」

裏口から教会に入り、シスターに頼みこむ。

「事情があって、少しこの子を預かってください。あとで必ず迎えにきます。あの、何があっても彼のネックレスを外さないでください」

必死の早紗の様子になにか思うところがあったのか、シスターたちは快く引き受けてくれた。

「いいわよ。あなたにはいつもお世話になっているから。ペピート、お姉さんたちと遊びましょう」

シスターたちに背を向け、教会を出たあと、早紗は、さっき、彼を見かけた場所に戻った。

どこにいるのか。この身体の熱はどうなるのか。発情期だ。これは彼がすぐ近くにいるというしるし。セリムさま、会いたくないのに。会えないのに。身体がこんなにも彼に反応してしまうなんて。

どうしよう、と右往左往していると、ふいに人混みの間から腕をつかまれた。

「早紗、話がある。ついてこい」

もうダメだ。見つかってしまった。発情のせいで気づかれてしまった。

「……っ」

腕を引っ張られ、祭の行列に向かう人々の流れから逆流するようにセリムは進んでいく。早紗は顔をこわばらせながらその横顔を見つめた。

憎んでいるのか、それともそうではないのか。わからない。けれどこうして手をつかまれているだけでどんどん身体が熱くなってくる。このひとにしか発情しない身体。二度と発情しないための護符は、今、ペピートがつけている。彼を虎にさせないための大切なお守りだ。

発情の熱と再会の困惑にわけが分からなくなっている早紗をセリムは地中海を見渡すことができる高台の上に連れていった。

空は恐ろしいほど美しく、同じ色をした海と溶けあっているように見える。きらきらと光る波濤《はとう》、そして山車行列ににぎわう街。しかし高台には人の姿はなかった。

「逃げる……ということは、私とのことを覚えているということだな」

「……え、ええ」

「コンクールに出なかったのか。パリの会場にいたのに……きみが棄権したと知ってどれほどショックだったか。きみが歌手として活躍するのを祈っていたのに。だからこそ手放したのに」

責めるような声が怖い。過去の裏切りを彼がまだ憎んでいたらと思うと。

「すみません……事情があって……」

「残念だ。きみには才能があるのに。カウンターテナーとして、世界的に名をとどろかせることができるのに。今ではもう歌っていないのか」

「ええ、もう歌は」

淡々としたセリムの態度からは感情がまったく見えない。怒っているのか憎んでいるのか、残念に思っているということは早紗に失望しているのか。

「歌は捨てました。未練はありません。学費の面でお世話になったのにすみませんでした」

「悪いと思っているなら、どうして歌を捨てたのか教えてくれ」

「その程度の人間なんです。別に有名になりたくて歌をやっていたのではないから」

「そんなことはない。きみの歌はすばらしかった。そのために手放したのに。それに……その上、記憶も失わずに。あのジュースを飲まなかったのか?」

「いえ……飲みました。なのに……消えません。それどころか」

「それどころか、過去を……アルハンブラ落城のときのことを思いだしたのだな。前世の記憶を」

「ええ……なぜか」

「ペピートを宿したからだ」

「え……」

早紗は驚いて目をみはった。知っている。ペピートという名前まで。早紗は蒼白になって足を震わせた。どうしよう、復讐されてしまう。ペピートも自分も殺されてしまう?

「では……教会のシスターが見かけたのは」

「私だ」

その言葉にめまいがした。もうとっくに知られていたのだ。ペピートの存在を。早紗はどうしていいかわからず視線を落とした。

「あの子は……私の子だな」

うつむいたまま、返事をしなかった。

「言いなさい、私の子を産んで育てていたのだな」

早紗は涙を溜めた目でセリムを見あげ、その腕を掴んだ。

「殺さないで。ぼくへの憎しみだけにしてください。お願い、どうか。その代わりに、約束どおり、ぼくを殺して。お願いです、どうかあの子は殺さないで」

涙ながらに訴える早紗の言葉に、セリムが小さく息をつく。

「お願いだから、ぼくを殺してください。そうしたらあなたへの呪いが解けます」

ポロポロと涙を流す早紗のほおにセリムが手を伸ばしてくる。優しくほおを包まれ、早紗はえっと眉をひそめた。

「相変わらず救いようのないバカだな、きみは」

そう言って早紗の手をとると、その指にセリムは指をはめた。「天国の鍵」がついた指輪。これは五百年前、セリムがサシャに愛妻のしるしとして与えたものだった。

見あげると、セリムの瞳に涙が溜まっている。

「見つけた、グラナダの小さな教会の宝物庫に」

「え……」

「教会の史書によると、川から発見された少年の手から見つかったそうだ。全身を弓矢でうたれ、息絶えていた少年。その少年の身体には胎児がいた。聖母マリアのようだとして、教会では、宝物としてこの指輪を大事に守ってきた、と」

「いつ……これを」

「つい最近。きみがペピートを連れて、せっせと川の掃除をしているのを見て、川沿いの教会を一軒ずつ訪ねてみたのだ、なにか意味があるのではないかと思って」

「……っ」

「きみは裏切ったのではなく、私を助けるために自ら犠牲になったのだな」

セリムの言葉に、早紗の両眼からどっと涙が流れ落ちる。

「あなたは……気づいて……」

「考えたら当然だ。きみが裏切るわけがないのに。だがわからなかったのだ、きみの愛が深すぎて。本当にきみが私を深く愛してくれていたから」

「……あ……では……もう復讐は……」

「復讐どころか、きみに謝りたくて、ずっときみを探していた。愛していると今度こそ伝えたくて。そしてようやく見つけた。だが川の掃除の意味やペピートの存在について知りたかったので、すぐには顔を出せなかった」

ああ、そうだったのか。ホッとして力が抜ける。

「では……ぼくは……ずっとバカな誤解をして」

「ああ、きみはいつもバカだからな。父親を信じて殺されたときも、私を助けようとして嘘をついたときも、ジャミールの悪意ある話を信じて私から逃げようとしたときも」

「ジャミールの悪意ある話？」

「ジャミールにはひどいことをした。オメガとして妻にしてほしいと言われたが、断ったのだ。それでもどうしても妻になりたいと。私が愛しているのは妻だけだと振ってしまう相手に正直に言うのも申しわけなかったので、その生まれ変わりへの復讐のため、オメガ狩りをしている、近づけば命はないと脅したのだが、それで恐れられてしまって」

「……それはあなたが悪いです。……虎王が相手を思いやってわざわざ嘘をつくなんて……。ぼくもジャミールに言われるまま本気で恐れました」

「それはきみが悪い。あれだけ愛したのに。あれだけ優しく、きみだけを大事にしたのに」

「でも……それは前世のサシャへの愛かと思って」

おそるおそるそう告げた早紗をセリムは愛しくてたまらないといった様子で強く抱きしめた。

「前世の自分に嫉妬していたのか」

そうだ、嫉妬していた——と正直に言うには、このひとがあまりに嬉しそうにしているので言いたくなくなってしまった。

「前世のサシャを愛したのは、十五世紀の私だ。もちろん今も愛しい。だがそれから五百年も過ぎ、私も少しはいろんな世間というものを知った。そんな私が今、とてつもなく愛しいと思うのは、汚い教会で、子供たちに合わせてベルオルガンを弾いて歌っている、おじちゃんだ」

「……っ」

「こんなに綺麗で愛らしいのに、早紗おじちゃんなんて言われているバカな男だ。他人の悪意に気づきもせずそのまま信じて、一番自分を思っている相手を信じようとしない大バカで可愛いおじちゃん。多分、その可愛いおじちゃんは、愛する相手を好き過ぎて、まさかその相手も自分と同じくらいおじちゃんのことが好きだとは気づけないでいるはずだ。本当にバカな早紗おじちゃん」

「……セリムさま……」

「そんなバカな、前世以上に、人がよくて、だまされやすくて、でも一生懸命で、そしてなにより真実の愛で私の子を誕生させてくれたきみが好きで好きでどうしようもない」

「……っ」

涙が止まらない。嬉しくてどうしようもない。ああ、大好きです、ありがとうございますと言って抱きつこうとしたそのとき、さらに身体が異様なほど熱く火照ってきてしまった。

三年ぶりの再会。身体が発情してしまっている。早紗は泣きそうな目でセリムを見あげた。

「大丈夫、同じだ。私も耐えられなくなっている」

「……っ」

「抱くぞ」

その言葉に安堵して早紗は恥ずかしさを感じながらも目を瞑った。

「……ここで、いいな」

セリムに草むらに押し倒され、彼が上からのしかかってくる。その重みにを感じた瞬間、狂おしさがさらにこみあげ、身体の中心が火傷したように熱くなってきた。

「……ん……あっ」

草むらに組み敷かれたまま衣服をたくしあげられる。すっかり露わになった早紗とは対照的にセリムはアラブ服のままだった。早紗は久しぶりにセリムから乳首を弄られながら我を忘れたように甘い声をあげていた。

「ああ……っ……っ」

首筋にセリムの唇が触れ、噛みつくようにキスされる。乳首に爪をたてられると、発情期の熱がさらに高まり、早紗は激しく身悶えた。

「いや……あ……あっ、ああっ」

とても心地いい。ほんの少し指の先で乳首をつままれているだけなのに全身がひくひくと痙攣したようになり、甘い喘ぎが止まらなくなる。足の間ももうすっかり濡れていた。

「すごいな、子供を産んだからか？　乳首が大きくなっている。弾力も……」

ちょっとばかり揶揄するような言葉を吐き、セリムが指先で乳首を嬲ってくる。

「以前は、薄ピンク色の慎ましい色をしていたのに、今ではブーゲンビレアのようだ」

セリムが指で押しこむようにしながら捏ねていく。たちまち甘酸っぱい熱がそこから全身へと広がっていって早紗は甘い声をあげてしまう。

「ああっ……はあっ……ああ！」

「母乳は……出たのか？」

「まさか」

「では赤ん坊に吸わせていないのか？」

「そんなこと……言わないでくださ……」

「ここから出た蜜をペピートに吸わせたんだな？」

「いえ……彼は……粉ミルクで育てて」

オメガの乳から出る蜜は栄養がないと聞いていた。だからペピートは粉ミルクで育てたのだが、それがセリムには嬉しいのか、とても幸せそうな顔で微笑する。

「よかった、それならあいつを可愛がれる」

「そうじゃなかったら……ダメなんですか」

「冗談だ、だが、安心した。ここから出る蜜は私だけのものだ」

「でも……もう二年前に……」

「次にできたときだ」

ツンと尖った胸の粒をおいしそうに舌先で舐められていく。そのまま乳暈を執拗に甘嚙みされると、奇妙な甘い疼きが一気に腰へと連動して早紗は腰を大きくよじらせた。

「ん……あ……ああっ」

どくどくと淫靡な雫が前も後ろも濡らしている。もう止められない。そんな早紗をさらに乱そうとしているのか、なおもセリムが舌先で乳首を嬲ってくる。

彼の舌が乳首を撫でるたび、甘い快楽に自然と背をそらして悶えてしまって困るほどだ。

「……っや……ああ……」

ころころと舌先で転がされると、たまらない。欲しい。彼がどうしようもなく欲しかった。

「あっ……いい……気持ちよくて……」

乳首を弄られるとそれだけで達してしまいそうなほど気持ちがいい。発情するとそこがぷっくりと膨らみ、触れられたくて疼いてくるのを思い出した。

「んっ……あっ」

前世も今世も発情期は身体をつないでいないときがないくらい抱かれていた。懐かしさとともに狂おしい快感の記憶もよみがえってくる。

やがてセリムが早紗のやわらかく濡れたすぼまりの内側に侵入してくる。ズブッと音を立てて挿りこんでくる肉塊。内臓をいっぱいいっぱいにしていく存在に果てしない快楽を感じ、早紗はセリムにしがみついて声をあげていた。

「ああ……っ、ああ、いいです……セリムさま……そこ……いっぱいにして……」

「きみは……母親になって……前よりも淫乱になったようだな」

早紗が反応すればするほど、セリムの動きも激しくなっていく。三年ぶりの逢瀬。たっぷりと弄られた乳首が甘く疼き、下肢が激しく痺れてセリムのものを煽動しながら呑み込んでいく。

「あっ……セリムさま……あぁ！　いい、そこ……ああ……あっ！」

「奥……凄まじいな。こんなに締め付けてくるなんて」

狭い奥をこすりあげながら、セリムが荒々しく腰を打ちつけてくる。早紗の身体中の筋肉がわななき、咥えこんだセリムのものも激しく体内で脈打っている。

「ああ…っああ、くぅ！　……あぁ！」

やがて体内にどっと熱い精液が吐きだされと、早紗からも噴水のようにしたたかに白濁があふれ出てしまった。同時に達してしまったらしい。

「ああ……っ……はあっ」

粘膜に染みこんでいくセリムの精液が嬉しい。また子供を授かっていたらどれほど嬉しいだろう。そんな想像をするだけで、体内の熱への愛しさが増していった。

「はあ……っ……はあっ……」

肩で息をしながらも発情期の熱が抑えられたことで、少しずつ早紗の理性が戻ってくる。

「……早紗、そうだ、きみに告げなければ」

ひんやりとした風を浴びながら、草むらで互いにもたれかかっていると、セリムが思い出したように言う。

「呪いはもう解けた」

「え……」

呪いが解けた？　どうやって？

「きみが妊娠し、出産したときだと思う。ちょうどペピートが生まれたころ、私は自分が年をとっているような気がして不思議な気持ちになった」

「セリムさま……」

早紗を見つめ、セリムが甘く微笑する。

「だが、息子が虎になるかどうか——待たなければならなかった。きみの愛、私の愛が本物なら、息子は虎王の息子として、虎の身体を得る。そのとき、アルハンブラの呪いは解け、私の彷徨の時間が止まり、私の新たな時間が始まる」

そういうことだったのか。では早紗にかかっている呪いも……。

「あれから私も少し歳をとった」

苦笑するセリムを早紗はじっと見つめ、ふっと微笑んだ。

「そうですね。少し大人びた気がします」

そんな気がするような、しないような。よくわからないけれど、もしかするとそうなのかもしれない。いや、そうであってほしい。それならふたりは同じ時間を生きられるのだから。

「きみも……少し大人びたな。なにせおじちゃんと言われるようになったのだからな」

「いいんですよ、だって親になったのですから」

セリムは強く早紗を抱きしめてきた。そして祈るように囁かれる。

「今日までありがとう。私の子を産んで育ててくれて。真実の愛を捧げてくれて」

その言葉に涙が流れ落ちていく。

「お礼を言うのは、ぼくのほうです。ようやく平和な時代になって、あの子を授かれました。あなたにありがとうと言いたいです」

「改めて頼む。私とあの城で家族として暮らしてくれるか」

「ぼくからもお願いします。あの子の父として、ぼくと一緒に生きてください」

気がつけば夜になっていて、空には満点の星。それから満月が輝いていた。長い呪いが解け、ようやく魂の再会ができたふたりを月が美しく照らしてた。

「ママ、ママ、見て。ペピートもこんなに飛べるようになったよ」

ライオンの泉の上を、まだ小さなペピートがふわっと飛んでいく。ぽわぽわと白い毛をした虎の子供。何て可愛いのだろう。しかし飛び降りたあと、大理石に肢《あし》を滑らせてつるっと転んでしまう。

「ペピート、大丈夫？　あんまり無理をすると肢を痛めてしまうよ」

床に転んだまま、がっくりとうなだれている小さな虎を抱きあげる。ずしっとした重み。日ごとに重くなっているのがわかって嬉しいような切ないような気持ちになる。

「ママ、ママ、大好き。ママ、だーいすき」

肩までよじ登ってペピートがしがみついてくる。虎の姿のときも、人間の姿のときも同じで、こちらのことが大好きだといわんばかりにしがみついてくる感じが愛おしくてたまらない。

「ペピート、ぼくもきみが大好きだよ。大好き大好き、もうどうしてそんなに可愛いのかなって思うくらい可愛くてたまんないよ」

ふわふわの耳元にキスをしたり、もふもふとしたあごに頬《ほお》ずりをする。ああ、本当に愛しくてしょうがない。

自分がママで、黒い服の怖いおじさんがパパ。そのことを教えた夜、ペピートはショックのあまり、虎の姿になってミーミーと泣いていた。

早紗がママだということはとても嬉しいようだが、黒い服の怖いおじさんがパパだということがどうも気に入らない様子だった。

(そうだよな、復讐されると思って……ぼくが怖がっていたから)

何とか仲良くして欲しいのだが、セリムの城にきてからもう三ヶ月になるのに、ペピートはいまだにセリムのことを怖がっている様子だった。

「ペピート、いいかげんパパと呼んでくれないか」

そう言ってセリムが現れても、驚いた顔で逃げてしまう。それもあり、いつもペピートを寝かせてからでなければ、ふたりで話をするのもままならなかった。

「すみません、セリムさま……」

「いや、私が悪い。きみをずっとひとりにしていたからな」

ようやくペピートが眠り、ふたりでテラスに出てゆったりとした時間を過ごす。

初夏になり、スペインは午後十時すぎくらいまで仄明るい日が続いている。上空はいつまでも淡い薔薇色の夕陽に染まり、遠くに広がっているひまわり畑を金色に輝かせていた。

「久しぶりに水鏡をのぞいてみないか」

早紗の手を取り、セリムが水鏡に向かう。セリムは何となくふたり目を期待している様子だったが、そこに映っているのは、黒と白の一対の虎だけ。

それでも自分たちふたりの姿が虎になっていることに早紗はたとえようのないほどの幸せを感じている。真実の愛によって呪いが解けたことがわかるからだ。

「早紗……ありがとう、私の呪いを解いてくれて」

肩に手をかけ、そっとほおにセリムがキスをしてくる。その肩にもたれかかり、早紗は小さく首を左右に振った。

「それならあなたもです。ぼくは自分に呪いをかけました。五百年前、あなたに嘘をつき、裏切り者となりました。その呪いはあなたの真実の愛で解けました」

「あれは……きみが私を守ろうとしたからで。それを見抜けなかった自分が愚かしい。私と子供のため、きみは自分を犠牲にして」

セリムの声が震えている。切なそうに後ろから早紗を抱きしめてきた。

「これからはその分、幸せになりたいですね」

早紗は水鏡に映る愛しい虎を見つめて言った。

「その分？」

「ええ、こうして再会して、呪いも解けて、今は争いのない世界で家族三人で幸せに暮らしていける時代になりました。この平和がどれほど尊いものなのか、十五世紀を体験し、ぼくは本当に強く噛みしめました。だからこそ守りたい、だからこそ幸せになりたいと」

ふり向き、早紗はセリムを見あげた。

「早紗……そうだな、あのとき、私は力不足ゆえに国を失い、きみを失い、ふたりの間の子供も失ってしまった。もう二度とそんなことにならないよう、今度はふたりを守っていけるだけの男になる。夫として父として」

とても優しい目をしている。初めて会ったときの冷たさはない。

セリムの双眸《そうぼう》には再会できた喜び、そして時間が流れていることへの感謝、家族と過ごせる平和な時間への幸せを感じる。

「……セリムさま……じゃあ、今度はあなたがパエリアを作ってください」

「え……」

「大切な息子ペピートのために、そして愛する妻のために」

「私がパエリア……か。いいな、それはいい。明日、作ろう。そうすればきっといつかペピートもパパと言ってくれるだろう」

「ええ、きっと」

早紗はセリムの肩に手をさまよわせた。そのまま彼の腕に強く身体ごと抱きしめられる。

「ありがとう、早紗、本当にありがとう」

毎日のようにこうして抱きしめ、耳元で囁くセリムの声が切ない。

どれほどの時間、どれほどの想いで彼が過ごしてきたのかと思うと。十五世紀からも五百年以上もずっとずっと。

「お礼を言うのはぼくのほうです。探してくれてありがとうございます。ぼくにペピートを与えてくださって本当にありがとうございます」

思い出す。はっきりと身体の痛みとともに思い出す。

矢で打たれ、この身から命が消えてしまうと思ったときの絶望感。セリムと子供を守るために自らを犠牲にしようと思ったのに、子供も一緒に死なせてしまうことになったあのときの絶望が今も身体のなかで痛みとなって残っている。

だから今のこの幸せがどれほど大切なのか、どれほど大事なのかわかる。

もう喪わないために、この愛しいひとと子供を守って生きようという強い思いとともに。

「早紗、幸せになろう」

彼の声が耳に触れ、たまらなくなった。

なつかしいこの腕。声の響き。自分を抱きしめる腕の感触。ああ、彼と本当に再会できたのだ。長い時を経て。それを実感し、嗚咽《おえつ》がこみあげてくる。

「平和のために家族で頑張りましょう。もう争うことのない世界へ」

「ああ。やり直そう」

涙が流れ落ちてくる。

「はい、あなたのつがいとして……ずっとあなたとここで暮らしていきます。生きるために三人で生きる世界のために」

「本当に……ここで暮らしてくれるのか」

その問いに早紗は笑顔でうなずいた。

「オペラ歌手になる夢も、叶わなくていいんだな」

早紗はおかしくて笑った。

ぼくが歌いたかったのは——自分が自分であるためだけだった。それは失われた過去、呪われた前世をとりもどすためのものだった。

プロの歌手になるためではない。

「ぼくの歌はあなたに届けたかっただけですから。そして我が子に」

目を細めてもう一度水鏡を見つめる。

美しい夕陽に照らされた水鏡にふたりの影がくっきりと刻まれている。

さわやかな、それでいて乾いた風が吹き抜けていく。

その周りにオレンジ色の柘榴の花が咲いている。真実の愛を貫いたつがいのためだけに咲くという花が。

「永遠にあの花を咲かせよう」

そう呟くセリムの言葉に、頷《うな》いたとき、水鏡にもう一頭小さな虎の形をした光が見える気がした。

また誕生するのだろうか。新しい赤ちゃんが。

この世界で一番幸せなスイートハーレムの新しい住人として。

そしてその夜、初めて親子三人でベッドで一緒に眠った。三人で抱き合って。

ペピートからみんなで寝たいと言いだしたのだ。

セリムが作ったパエリアがことのほかおいしかったのもあるが、以前に早紗がやってみたいと思っていたことをセリムがやってくれたからだ。彼が虎になって、ペピートと早紗を連れて夜空を駆け抜ける。それがあまりに楽しかったのか、そのとき、そっと彼に告げた言葉が嬉しかったのかわからないけれど。

「ペピート、ママのお腹にね、ペピートの弟か妹がいるかもしれないんだよ」

「え……」

「お兄ちゃんになるんだよ。ペピート、この子を愛してくれる？」

「その子のパパって、虎のおじさん？」

「そうだよ、この子のパパはペピートと同じ。ママは、パパもペピートもこの子もとても大切なんだ。みんなで楽しくここで暮らしていきたいんだけど、いいかな？」

早紗が問いかけると、ペピートがクスッと笑った。

「うん、みんなで仲良くしたいね。ペピート、パパとママと一緒に寝るね」

「ありがとう、ペピート」

抱きついてくるペピートの重み感じながら彼を抱きしめ、ベッドに横たわると、セリムがやってきて、その腕でふたりを抱きしめた。

「ありがとう、ペピート。パパと認めてくれて。これからは私がみんなを守っていく。そして大人になったら今度はペピートがパパとママを守ってくれ」

そう言って息子と自分を抱きしめるセリムの存在が嬉しかった。ようやく平和な時代になって、ようやく安心してみんなで眠れるようになったのだ。

そのことに感謝しながら、早紗はまだお腹にいる赤ちゃんにそっと話しかけた。

早く顔を見せてね。このスイートハーレムで、みんながきみを待っているから。みんなで幸せに暮らすために。

あとがき

こんにちは。お手にとっていただき、ありがとうございます。

今回は第二の故郷スペイン・グラナダを舞台にしたオメガバースファンタジーです。アルハンブラ宮殿や他の近郊の街も使っていますが……ファンタジーなので雰囲気だけでも。

虎の王さま一家が出てくるもふもふっとした感じも入れたので、いつものオメガバースとは世界観が違います。なのでこれはこれで一つのお話として読んでくださいね。もふもふもオメガバース、初挑戦ですが、かなりあたふたしました。色々とけっこう大変でしたが、まあ、でも思ったところに何とか着地した気もします。

カップリングは、ややヘタレ気味の溺愛系の虎王セリムと健気っ子の早《さ》紗《しゃ》。気弱だった早紗が愛によってたくましいママになっていくお話かもしれません。

作中のパエリアはバレンシア風の魚介ではなく、私の好きなアリカンテ風お肉系パエリアにしました。イベリコ豚がおいしいですが、ビーフもなかなかです。

映画のワンシーンのような美しいイラストを描いてくださった小山田《おやまだ》あ

み先生、ご多忙ななか本当にありがとうございました。表紙と口絵しかまだ拝見していませんが、とてもエキゾチックな雰囲気で感動しております。

担当さま、毎回ご迷惑をおかけしてすみませんでした。いつも本当に感謝しております。

最後になりましたが、読んでくださった皆さま、どうもありがとうございます。何か一言、感想でもいただけましたら嬉しいです。今後ともどうぞよろしくお願いします。

CROSS NOVELSをお買い上げいただき
ありがとうございます。
この本を読んだご意見・ご感想をお寄せください。

〒110-8625
東京都台東区東上野2-8-7　笠倉出版社
CROSS NOVELS 編集部
「華藤えれな先生」係／「小山田あみ先生」係

CROSS NOVELS

虎王の愛妻スイートハーレム
～幸せパエリアと秘密の赤ちゃん～

著者
華藤えれな

2020年4月23日　初版発行　検印廃止

発行者　笠倉伸夫
発行所　株式会社　笠倉出版社
〒110-8625　東京都台東区東上野2-8-7　笠倉ビル
[営業]TEL　0120-984-164
FAX　03-4355-1109
[編集]TEL　03-4355-1103
FAX　03-5846-3493
http://www.kasakura.co.jp/
振替口座　00130-9-75686
印刷　株式会社　光邦
装丁　磯部亜希
ISBN　978-4-7730-6028-7
Printed in Japan